名家笔下的中国老城市丛书

名家笔下的 老洛阳

总主编　张祖庆

主　编　张胜辉　王聪聪

朗　诵　柏玉萍

济南出版社

图书在版编目（CIP）数据

名家笔下的老洛阳 / 张胜辉，王聪聪主编 . —— 济南：
济南出版社，2025.8. —— （名家笔下的中国老城市丛书 /
张祖庆总主编）. —— ISBN 978-7-5488-7435-5

Ⅰ . I267

中国国家版本馆 CIP 数据核字第 20252HM750 号

本书部分文字作品稿酬已向中国文字著作权协会提存，敬请相关著作权人联系领取。
电话：010-65978917，传真：010-65978926，E-mail：wenzhuxie@126.com。

名家笔下的老洛阳
MINGJIA BIXIA DE LAOLUOYANG
张胜辉 王聪聪　主编

图书策划　赵志坚　刘春艳
责任编辑　赵志坚　姜　山　李文文
封面设计　谭　正
版式设计　刘欢欢
封面绘图　王桃花

出版发行　济南出版社
地　　址　山东省济南市二环南路 1 号（250002）
总 编 室　0531-86131715
印　　刷　济南新先锋彩印有限公司
版　　次　2025 年 8 月第 1 版
印　　次　2025 年 8 月第 1 次印刷
开　　本　170 mm×240 mm　16 开
印　　张　8
字　　数　100 千字
书　　号　ISBN 978-7-5488-7435-5
定　　价　35.00 元

如有印装质量问题 请与出版社出版部联系调换
电话：0531-86131736

序

每座城都是一本书，每本"城书"都有其独特的精神气质。

生于此城，长于此城，你便与城融在一起，成为城的细胞。城的性格脾气就是人的性格脾气。城与人，相依共存。

一座有生命的城，少不了市，故曰"城市"。

城市于人的成长是烙印式的。无论你身在何处，永远不能忘记的是家的味道、城的气息、城的日常。我们怀想它，念叨它，也常会在某个时间点，因见到所居城市的一处景、一个人，甚至一株菜而深情满怀、热泪盈眶。作家池莉在回忆家乡武汉的菜薹时写道："我对菜薹是情有独钟不离不弃到即便它们老了也要养着，花瓶伺候，权当插花……看花时，总不免心生感慨：菜薹噢菜薹，你是我对武汉最深的眷恋。"

每一座历经千百年的城市，都是一条生命涌动的长河，于风云变幻间，留下吉光片羽。

一座古老的城市，值得我们细细品读。从显处读，可以是让游人赏心悦目的湖光山色，也可以是令吃客垂涎欲滴的特色美食。但是，仅读这些还不够，我们还要走进城市深处。风采卓绝的人物要读，深厚的文化底蕴要读，明亮的人文精神要读，这样才能走进一座城市的灵魂。

可是，谁敢说，我们真正读懂了我们所生活的城市？谁又敢说，我们真正触摸到了城市的灵魂？可能，在喧嚣的城市里，孩子还没有静静凝视过家门前那条不知源头的河流，没有留心觉察过城市中不断冒出的楼宇，没有仔细聆听过城市发展的滚滚车轮声。甚至，有这样一种情形——生活在南京的孩子不知道石头城的历史，生活在苏州的孩子没听过评弹，生活在西安的孩子没了解过秦岭的前世今生……

不得不说，这是生命成长中的小缺憾。

中国有个性、有魅力、有文化的城市何其多也！若是有一套中国城市的读本，以名家的文字为城市代言，纵览历史发展脉络，横看现代文明景观，让青少年读者从书中读城市的古今面貌，用脚步触摸城市的现实温度，那该多好啊！我的倡议得到各地名师的积极响应，大家一拍即合，快速行动。我们希望，经由这套书，每位大小读者都能从自己所居之城开启城市阅读之旅，了解城的古今，梳理城的脉络，以城为荣，以城为傲。

人是城市的核心因子。人和城市的相处方式有很多种，阅读城市，理应成为重要的一种。以中小学生喜闻乐见的方式打开城市阅读之门是我们的编写初心。通过阅读名家优秀的文学作品，让孩子建立对城市的文化印象，让城市发展脉络及精神气质化入孩子的生命成长中。

经多次讨论，我们最终把这套书命名为"名家笔下的中国老城市"，初定二十个老城市，分别为北京、上海、杭州、南京、武汉、西安、济南、天津、成都、重庆、绍兴、厦门、苏州、福州、合肥、广州、洛阳、开封、镇江、淮安。"老城市"就是有悠久历史、灿烂文明、独特意蕴的城市，老城市都是有故事的城市。读者能从书中感受到厚重的城市文化与个性迥异的时代特质。城市不分大小，大城有大城的宏伟，小城有小城的韵味。

为城市编书代言，我们深知其中的艰辛。一本小书难以概括一座城市的全貌和气质。尽管如此，我们还是愿意倾尽全力。我们组建了一支有深厚的文化学识和城市情怀的编写团队，他们多是在全国有影响力的特级教师、正高级教师、一线名师。有的名师为了在书中呈现更立体多元、经典可读的城市风貌，通读了几百本相关图书，仍觉得不够；有的名师对"老城市"的"老"做了精准的解读，对丛书的助读系统提出丰富的设计框架；有的名师带领他的"学霸"团队，利用节假日，走进博物馆、图书馆，做了大量的文献检索……毫不夸张地说，每个城市的编者都经历了艰苦的"前阅读"。

　　然而，写城市的文章太多了，选几十篇编入书中，可谓是沙里淘金，且一定遗珠多多。选择什么样的文字呢？经过几番讨论，数易方案，渐渐地，编写组达成共识。我们发现，读城有迹可循。编写团队做了这样的梳理：

　　1. 依循城市纵横交错的线索，确定框架。为打捞丢失在历史尘埃中的城市老时光，我们做了一番细细耙梳、反复筛选的工作，再沿着"纵""横"两条线索将占有的资料以主题单元的方式呈现。"纵"即城市的历史沿革、发展脉络；"横"就是城市当下的多面向文化叙事，包含景观、习俗、人物、美食、童谣等。这样编排，既有历史的纵深感，又有现实的亲切感，丰富博大的城市概貌就有可能浓缩在一本小书中。

　　2. 充分考虑读者对象，精准定位选文方向。本丛书的主要读者是中小学生，兼顾其他年龄段读者，所选文章多是可读性、文学性俱佳的名家作品。很多写城市的书只是给大人看的，客观介绍一座城市，文字也不够浅近，孩子难免会觉得枯燥。从这个意义上来说，这是一套定制版的城市文学读本，这一特色让本套丛书有别于其他城市主题的书。

　　3. 让"行读城市"成为一种新的生活方式。读城市，最终要走到城市中。本丛书有一个重要的编写思想，那就是跟着编者行读城市。二十个城市读本中，有的将研学作为一个单独章节，有的则将其融合在各个章节中。无论采用哪种形式，小读者们都能从书中读到书外。一本书就是一座城的博物馆"入场券"，儿童（或成人）经由这张"入场券"，走进城市文明深处。

　　以《名家笔下的老武汉》为例，我们来一睹老武汉的城貌——全书分为八个章节，从《日暮乡关何处是》到《踏破铁鞋无觅处》《忙趁东风放纸鸢》，将江湖武汉、火辣辣的武汉、因爽而快的武汉生动地展现给读者。每一章都有"导读""群文探究"，每一篇都有"读与思"。读一本书，仿佛在与城市对话、与编者交谈，读者可带着憧憬之心、探究之趣在城的古今穿梭，在城的南北畅游。

　　编者刘敏动情地说："二十年前，我在武汉读大学。如今，我拖儿带女留在武汉，安居乐业。多少次，我漫步于夜幕中的长江大桥，和灯火一起微醺；多少次，我在汉口江滩，寻觅百年的沉浮……"

不只是武汉，每一座城都值得用心去读。《名家笔下的老西安》编者王林波老师的感言，说出了所有编者的心声："三年多的时间里，我们走街串巷地亲历感受，我们翻阅文献广泛搜集筛选，我们对话作者深度访谈。一切的努力，只是单纯地想为你——亲爱的读者呈现最适合的老城市。"

我们有理由相信，这是一套真正的精华读本。读者站在名师深读的肩膀上鸟瞰城市，深入城市的叶脉、根系，享受读城的步步惊喜，体验读城的无穷乐趣。

亲爱的读者朋友们，"名家笔下的中国老城市丛书"是一座开放的城堡，我们将不断寻觅，让这个城堡的成员更丰富，文化更多元，视野更开阔。我相信，你们的阅读也必然是开放的——读城市的文学、文化、文明，读城市的传说、市井、烟火，读城市的性格、秉性、气质，读城市的人、事、景……自己读，和爸妈、老师一起读，走进城市博物馆，实景考察，深度研学；不仅读"我的城"，还要读"他的城"，因为这都是"我们的城"。

再次翻阅一本本书稿，我心中感奋不已。我仿佛又一次和编者朋友们一道，穿行一座座古城，漫步一条条大街，走进一处处深宅，聆听古老钟声，触摸历史心跳。

人在城中，城在心里；一眼千秋，千秋一卷；一卷一城，读行无疆。

于杭州谷里书院

千年洛邑，中华源城

  每座城都是一部镌刻时光的典籍，字里行间流淌着血脉与文明的温度。洛阳，这座浸润于洛水之阳的古老都城，以五千年的文明史为纸、四千年的建城史为墨、一千五百年的建都史为笔，书写了半部中华文明的壮阔史诗。她是中华民族的精神原乡，是河洛文化的摇篮，更是中国历史长河中永不褪色的璀璨明珠。

  自"河出图，洛出书"的传说起，洛阳便以天地之中的气魄，承载着文明的肇始。远古先民在此刀耕火种，三皇五帝在此定鼎九州；夏商周三代于此铸就礼乐根基，汉魏隋唐在此挥洒盛世风华。周公营洛邑、测土圭，奠定"天下之中"的格局；老子著《道德经》、孔子入周问礼，儒道思想的火花在此碰撞；张衡制地动仪、蔡伦造纸，科技的火种照亮东方；班超西行、玄奘东归，丝路驼铃与隋唐运河的涛声在此交响。十三朝都城更迭，一百余位帝王在此指点江山，洛阳的每一寸土地都沉淀着历史的重量，每一缕风烟都裹挟着文明的回响。

  她是诗意的沃土，墨客骚人于此泼洒千古绝唱。曹子建作《洛神赋》，李白杜甫相逢于此共饮诗酒；白居易归老香山，留下"莫叹天津桥上春"的感叹；刘禹锡笔下的牡丹"花开时节动京城"，欧阳修叹"洛阳地脉花最宜"。她是"诗都"，亦是"花都"，牡丹的国色天香与诗词的雅韵清音，共同编织成这座城的浪漫魂魄。从司马光"若问古今兴废事"的苍茫喟叹，到老舍笔下"洛阳女儿活泼短俏"的市井风情，文字与时空在此共振，织就一部流动的史诗。

  《名家笔下的老洛阳》以八大篇章为经纬，织就一幅古今交融的文化长卷。"河洛变迁"溯千年帝都兴衰，从二里头夏都的青铜之光到隋唐洛阳城的万国来朝，金墉城的残垣诉说着魏晋风骨，含嘉仓的铭砖烙印着盛唐粮纲；"河洛古城"凝固时光，周王城的礼乐钟声、汉魏故城的太学书卷、明清街巷的烟火气息跃然纸上，棋盘里坊的肌理至今仍在西工小街的市声中隐约可辨；"河洛瑰宝"则从伊阙龙门的雄浑到重渡沟的幽翠，从伊河橡胶坝的潋滟波光到洛浦秋风的长堤柳浪，勾勒出一幅"山水诗心"的画卷；"河洛牡丹"借刘禹锡的"真国色"、武则天的"火速报春"，诉说花与城的生死相依，苏轼笔下的姚黄魏紫，恰似洛阳跌宕千年的盛世容颜；"河洛文脉"流淌着儒释道的哲思，白马寺的晨钟暮鼓与龙门石窟的佛光交相辉映，邵雍安乐窝的梅花易数与二程理学的格物致知，让洛阳成为东方智慧的活水之源；"河洛典故"里，"程门立雪"的尊师之风、"悬梁刺股"的勤学之志，传承着中华文明的基因密码，更将河洛士子的精神气韵注入民族血脉；"河洛诗词"中，李杜名篇、元白唱和，句句皆是洛阳的眉眼与心绪，韦庄的残晖、秦观的烟暝，绘尽古都的繁华与沧桑；"河洛美食"以牡丹燕菜的华美、浆面条的醇厚，诠释"食不厌精"的千年烟火，一碗汤里浮沉着运河商旅的足迹，半块锅贴包裹着市井匠人的巧思。

今日的洛阳，古韵与新风共舞。定鼎门遗址旁高铁飞驰，应天门灯光秀映照古今；西工小街的锅贴香气与洛邑古城的汉服霓裳，演绎着传统与现代的对话。当牡丹文化节的锦绣铺满邙山，当大遗址保护的绿茵覆盖隋唐里坊，这座城正以"让文物活起来"的智慧，将河图洛书的密码写入数字时代的基因。

《名家笔下的老洛阳》不仅是一扇窥探历史的窗，更是一张邀你亲历的请柬。唯有踏上这片土地，触摸青铜鼎的斑驳、聆听伊河水的私语、品味舌尖上的乡愁，方能读懂洛阳为何是中华文明的"核心坐标"——她不仅是过往的丰碑，更是未来的序章。

翻开此书，愿你以脚步丈量历史，以心灵对话先贤。在洛阳，每一粒尘土都是故事，每一次回眸皆是传奇。当您循着名家的笔触漫步老城，定会惊觉：这座城的魂魄从未老去，她只是以文明为舟，载着十三朝的风雨，向着下一个千年悠然摆渡。

目录 MULU

老洛阳

第一章　河洛变迁：千年帝都的前世今生

若问古今兴废事，请君只看洛阳城。

　　洛阳，古称洛京、神都、洛城等，拥有5000多年的文明史，是中华文明的发祥地之一，有着"十三朝古都"之称。周王城、成周城、汉魏故城、隋唐东都、金元老城这五处城址，是洛阳都市发展的脉线，也是洛阳历史的脊梁。它们扛着几千年的荣辱兴衰，呈现给我们的是时代变迁的壮丽画卷。

扫码立领
★ 名师朗读
★ 美文微课
★ 城市印象
★ 老城记忆

上阳宫

◎〔唐〕王　建

上阳花木不曾秋①，洛水穿宫处处流。

画阁红楼宫女笑，玉箫金管路人愁②。

慢城入涧橙花发，玉辇登山桂叶稠。

曾读列仙王母传，九天未胜③此中游。

注释

①不曾秋：字面意义为"不曾经历秋天"，暗喻宫中四季如春，花木常盛，无秋意凋零。

②路人愁：与宫中欢乐对比，宫外百姓因赋税、劳役而苦，暗含对社会的批判（王建乐府诗常见此手法）。

③未胜：未能超越，形容上阳宫的人间盛景胜过天上仙境。

读与思

《上阳宫》描绘了洛阳皇家园林的壮丽景象，成为传诵一时的经典之作。诗中"画阁红楼宫女笑，玉箫金管路人愁"一句，用对比手法生动展现了宫中生活的繁华与宫外百姓的哀愁，语言凝练且充满画面感。这首诗作于安史之乱后，当时唐朝由盛转衰，王建借上阳宫昔日的辉煌，委婉抒发了对时代变迁的感慨。

过故洛阳城（其二）

◎ [宋] 司马光

烟愁雨啸黍华生，宫阙①簪裳②旧帝京。

若问古今兴废事，请君只看洛阳城。

注释

①宫阙：指古时帝王所居住的宫殿，因宫门外两侧有双阙，故称宫阙。

②簪裳：冠簪和章服，借指仕宦。

读与思

《过故洛阳城》是一首七言绝句。这首诗写在烟雾迷蒙和雨声潇潇中，百花还在顽强地开放，洛阳旧城的宫阙里插满了芙蕖。朝代更替，人事兴亡，只有这些景物仍旧。诗中凭吊了洛阳旧城，寄寓着对朝代兴亡的感慨，体现出诗人的历史观和宇宙观。

洛阳记

◎［晋］陆 机

洛阳城，周公所制。东西十里，南北十三里。城上百步有一楼橹，外有沟渠。

洛阳城内，西北角有金墉城，东北角有楼，高百尺，魏文帝造也。

云台高阁十四间，乘风观阁十二间。

洛阳南宫有承风观，北宫有增喜观，城外有宣阳观、千秋、鸿地、泉城、扬威、石楼等观。城外有鼎中观。

宫中有临高、陵云、宣曲、广望、阊风、万世、修龄、总章、听讼，凡九观。皆高十六七丈，云母窗，日曜之，有光。

三市，大市名也。金市在大城西，南市在大城南，马市在大城东。按：金，市名。商观西兑为金，故曰金市。

铜驼街，在洛阳宫南，金马门外，人物繁盛。俗语云："金马门外聚群贤，铜驼街上集少年。"

汉洛阳四关。东成皋关，南伊阙关，西函谷关，北孟津关。

城南五十里有大谷，旧名通谷。

紫微宫有一柱观。

（本文为节选）

译文

洛阳城，是周公所建造的。东西十里，南北十三里。城上每一百步设有一楼橹（楼橹：高耸而无覆盖之房，用来瞭望敌人），外头有沟渠。

洛阳城内，西北角有金墉城，东北角有楼，高百尺，是魏文帝所营造的。

云台高阁有十四间，乘风观阁共十二间。

洛阳南宫有承风观，北宫有增喜观，城外有宣阳观、千秋、鸿地、泉城、扬威、石楼等观。城外更有鼎中观。

宫中有临高、陵云、宣曲、广望、阆风、万世、修龄、总章、听讼，总共九观。都高十六七丈，使用云母片当窗玻璃，日光照到窗户上，时有光芒闪烁。

所谓三市，是三个大城周边的市名。金市在大城西，南市在大城南，马市在大城东。按：金，市名。商周时认为西兑（周易卦名）为金，故曰金市。

铜驼街，在洛阳宫南面，金马门外，人物繁盛。俗语云："金马门外聚群贤，铜驼街上集少年。（金马门外群贤聚会，铜驼街上少年集中。）"

汉朝洛阳有四关。东面成皋关，南边伊阙关，西面函谷关，北边孟津关。

城南五十里有大谷，旧名通谷。

紫微宫中建有一柱观。

读与思

《洛阳记》是晋代文学家陆机笔下的一篇城市志，用简洁的文字勾勒出了洛阳城的壮丽图景。

巍巍古城

◎易中天

离开西安，就去洛阳。洛阳，或者说洛阳盆地，是一个神奇的地方。从西向东沿着洛河，一字排开建有周王城、隋唐洛阳城、汉魏洛阳城、二里头遗址和偃师商城。周人也明确认为这里是天下之中，并且留下了"宅兹中国"的名言。

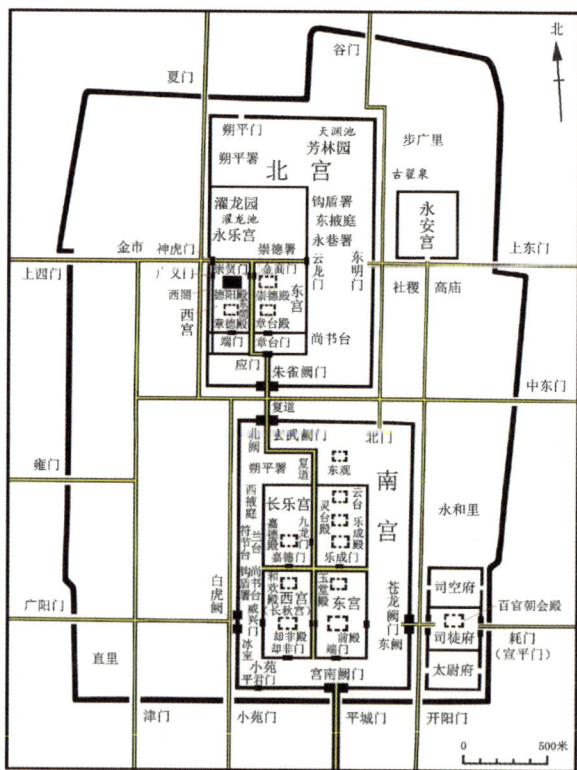

东汉洛阳城平面图
（据钱国祥《东汉洛阳城的空间格局复原研究》）

周人"宅兹中国"的中国，意思是普天之下的中心城市。东汉洛阳城，无疑是其中令人神往的一座。可惜，现在只能看到考古学家复原的平面图。这已经很不简单了。仔细寻找，你还能看到董卓住的永和里。距离南宫和三公府，还真不远。

街道，就只能看北魏的了。

街道虽然是北魏的，规制却跟东汉一样。道路修成三幅，由大约1米高的矮墙隔开。中间宽阔的是御道，仅供公卿和尚书郎穿着朝服通行。普通民众就只能走在矮墙外，还必须遵守"左入右出"的交通规则。那些矮墙，现在用绿植标识。当年的行道树，则有榆树、槐树、柏树、合欢树和竹子。巍巍古城之风貌，或许可见一斑。

读与思

文章通过对周王城、汉魏洛阳城、隋唐洛阳城等遗址布局的描写，展现了洛阳"天下之中"的独特地位。文中提到北魏普通民众有"左入右出"的交通规则，现代城市又有哪些交通规则？你觉得古人在设计上有哪些智慧？可以和同学讨论后写一份对比报告。

风雨周王城

◎张丽娜

千年帝都史，先说周王城。周王城，是周灭商之后落在中原大地上的第一个都城符号。如今涧水边的王城公园，即为王城遗址的部分所在。

凤凰翔兮于紫庭，予何德兮以感灵？

赖先人兮恩泽臻，于胥乐兮民以宁。

传说当年王城建好之后，凤凰翔舞，歌舞升平。周成王手舞足蹈，作了一首《神凤操》，以示内心雀跃之情。

如今的王城公园，不见凤凰翱翔，只见孔雀开屏、牡丹吐芳。至于天子驾六博物馆，虽有几具白骨证明昔日天子出行的盛况，却更衬出那个王朝转身时的凄凉。

宫殿、市集、太庙……什么都没有了，如今能供今人凭吊的，只剩下一些若有若无的痕迹。洛阳知名历史学者徐金星先生说，东干沟村还留有周王城城周墙的残迹。于是我跑到东干沟村，却只看到一段压在大土冢下的残垣。

只这一段残垣，已是奇迹。《括地志》说："故王城，一名河南城……周公所筑。"周公乃西周人，大概生于公元前 11 世纪。据此推算，王城起建至今，已有 3000 多年。3000 多年，足以把任何一座固若金汤的城池捏成粉末！

王城的营建者可不这样想。在他们眼里，王城就是"永久"的代名词，能给周王朝带来长治久安的好运。

　　凡都城的兴建，多与军事或政治需求有关，王城也不例外。西周的都城，本在镐京，也就是今天的西安。公元前1046年，武王伐纣，周朝取代了商朝。辽阔的东方疆域的开拓，使统治重心随之东移。一个至关紧要的问题开始困扰周武王，那就是如何牢固地控制东方的广大领土。

　　权衡利弊，周武王决定把都城定在洛阳，《史记·周本纪》说他"营周居于雒邑而后去"。洛邑建好，周武王巡视之后，把洛邑与镐京仔细做了一番比较，觉得虽然实行两都制，但事实上洛邑比镐京的地理位置更好，更适合作为周朝的都城，从此便"自夜不寐"。但周武王不久便抱憾驾崩。他的儿子姬诵即位，是为周成王。周成王决心实现父王的遗愿，于是召来自己的两位叔叔——周公和召公，让他们主管复营洛邑，建造王城。

　　《尚书》记载，周公和召公登上郏山（即邙山）察看洛邑城址，周公用绳子取直城廓和街道，并用一种叫作"土圭"的简陋仪器，于夏至之日测量日影，证明洛邑居于"天下之中"，的确适合建造王城。

洛邑古城

经过占卜，新城址被确定在涧水和洛水的交汇处。此地位于伊洛盆地中心，水源丰富，土壤肥沃；而且南望龙门山，北依邙山，群山环抱，地势险要。用了不到一年时间，一座"南北九里七十六步，东西六里十步"的王城就出现在世人面前。

周成王把传世国宝——九鼎，由殷商的旧都朝歌（今淇县）搬到了王城。九鼎，相传乃夏禹所铸，由三件圆鼎、六件方鼎组成。鼎身上刻有九州山川名胜，象征全国统一和王权的高度集中。由于寓意特殊，自其问世以来，便成了传国的宝器。夏桀昏乱，它被迁到商朝；商纣暴虐，它被迁到周朝。由于九鼎是从周王城的正东门进入的，所以东城门又被称作鼎门。

周成王定鼎王城之后，西周的两都制正式开始。为了加强中央王朝对地方的统治，周公总结前代经验，"制礼作乐"，规范了国家的典章制度。

公元前770年，周平王东迁洛邑，将王城作为东周唯一的都城。

（节选自《经典洛阳》）

读与思

如何解读历史深厚的千年古都？我们可以根据文章的描述，制作一条关于周王城历史的时间线。从周武王抱憾，到周成王实现遗愿，到周公"制礼作乐"，再到周平王东迁洛邑，按照顺序标出这些重要事件发生的时间，就能打开洛阳历史长河的大门。

汉魏故城

◎李燕锋

　　一片古老土地，几段蜿蜒残破的城墙，述说着一段跌宕起伏的岁月……这里是汉魏洛阳故城，总面积约 100 平方公里，是我国最大的古代都城遗址。东周、东汉、曹魏、西晋、北魏等朝代的王都或国都都建于此，前后使用了约 1600 年。

　　公元 25 年，这里成为东汉光武帝刘秀的都城所在地。

　　东汉洛阳城北靠邙山，南临洛水，东西两侧是广阔的平原。优越的地理位置加上天子带来的福祉，这里自然成为当时全国政治、经济、文化交流的中心。东汉洛阳不但经济繁荣，商业发达，而且文化昌盛。文字学家许慎在这里编撰出我国第一部字典《说文解字》；历史学家班固在这里完成了我国第一部纪传体断代史巨著《汉书》；思想家王充著的《论衡》是一部闪耀着朴素唯物主义思想光辉的杰作；伟大的科学家张衡在这里创制"妙尽璇玑之正"的"浑天仪"和精妙绝伦的"地动仪"；蔡伦创制"蔡侯纸"；神医华佗在此救治病人；"投笔从戎"的班超也从这里奉旨出使西域……

　　在东汉王朝兴盛了将近 200 年后，繁华的洛阳宫阙毁于董卓的一场叛乱。

　　随后的曹魏、西晋朝代更迭。直到一个鲜卑族皇帝——北魏孝文帝将都城迁至洛阳，并开始进行城市规划。公元 501 年，北魏宣武帝筑坊三百二十三，明确形成了"外郭城"，原汉晋城圈则成了内城。北魏洛阳城建设成有如棋盘式的里坊，成为我国城市建筑史上的一个创举。

繁华落尽，却洗不掉曾经属于这里的辉煌。

这片土地在起起落落间，造就了太学、灵台、白马寺、永宁寺等一个个响亮的名字，铸就了一段永恒的历史。

（节选自《经典洛阳》）

读与思

　　这篇文章从地理格局入手，点明洛阳"北靠邙山，南临洛水"并因此确立了交通枢纽地位；再以东汉为轴，铺陈张衡、许慎、班固等巨匠的辉煌成就，展现其作为政治、经济、文化中心的璀璨文明，既道尽古城的沧桑，也凸显了古都洛阳文化基因的生生不息。

隋唐洛阳城

◎孙钦良

隋唐时期的洛阳城骄傲得如同今天的纽约，全世界的富商巨贾都来这里经商，街市上不但走动着西域客商，还走动着世界顶尖的诗人。灯红酒绿与流光溢彩，歌舞管弦与浅唱低吟，那赞美是李白式的赞美，那忧愁是杜甫式的忧愁，当时社会的所有表情，都可以在这座城市找到。

隋炀帝与洛阳有不解之缘。最早把伊阙称为龙门的就是他。他第一次登临邙山，遥望伊阙，就对周围的大臣说："这不是龙门吗？自古以来为何不在此建都呢？"大臣苏威回答："不是古人不知在此建都，而是等着陛下您来建都呢！"隋炀帝大喜，就以伊阙为龙门，在洛阳建都了。都城的定鼎门，就正对着龙门。隋炀帝在新建的洛阳城巡视，仪仗宏大，千乘万骑，迤逦而来。史书把这次华丽的剪彩仪式，定格在隋炀帝大业元年，也就是公元605年。隋炀帝为新建的都城写了一首诗，名曰《四时白纻歌二首其一东宫春》。

洛阳城边朝日晖，天渊池前春燕归。

含露桃花开未飞，临风杨柳自依依。

小苑花红洛水绿，清歌宛转繁弦促。

长袖逶迤动珠玉，千年万岁阳春曲。

隋都洛阳城的布局很另类，未采用长安那样以宫城、皇城居中，街坊左右对称的格局，而是把宫城、皇城放到西北角地势较高处，使街坊分布在洛南和洛北。宫城之北建曜仪城、圆璧城，用来安置妃嫔。东城之北是积贮粮食的国家粮库含嘉仓。隋代建的含嘉仓，一直沿用到北宋。据记载，天宝中贮粮共五百八十余万石，全国贮粮总数的一半都放在了洛阳。

唐代贞观至开元天宝年间，对原来的隋都城进行了大规模扩建。经太宗、高宗、武则天的不断修缮，唐代洛阳城日益壮丽。真可谓：

数代帝王营此役，高楼万丈平地起。

九重宫阙连日月，天下此城最壮丽。

武则天改唐为周，在洛阳应天门举行盛大登基大典。她"徙关内雍、同等七州户数十万以实洛阳"，把国内最富有地区的人力物力集中到洛阳。市内店肆骈列，货物堆积。洛水、伊水，通济渠东连汴河，远达江南和河北，水运非常便利。天下舟船所集，

洛阳隋唐遗址植物园

百舸争流，填满河路，一时商旅云集，万千气象。与此同时，仕宦云集，文人荟萃，洛阳居民迅速增加，市井繁华又一次超过长安。

（节选自《经典洛阳》）

读与思

　　"宫阙连日月，隋唐洛阳城。"一座城市的魅力，来自它深厚的文化底蕴。隋炀帝的《东宫春》描绘了洛阳的春日美景。武则天移居上阳宫，更让洛阳成为当时全国最繁华的城市。假如你是一名小导游，要带领游客参观隋唐洛阳城的遗址，请设计一段导游词，介绍隋唐洛阳城的历史背景、主要布局和建筑特色。

群文探究

1. 阅读《风雨周王城》与《隋唐洛阳城》，对比周王城与隋唐洛阳城的布局特点（如周王城的"天下之中"选址与隋唐洛阳城的"宫城西北角"设计的差异）。如果你是城市规划师，你觉得哪种布局更适合古代都城？用简笔画标注两座都城的核心建筑位置，并说明理由。

2. 洛阳城作为古都，有哪些重要的文化符号或象征？比如九鼎、天子驾六等。这些文化符号或象征在洛阳城的历史中扮演了怎样的角色？

3. 假设你是汉魏故城遗址的小导游，请你结合文中提到的"太学""灵台""永宁寺"等建筑，设计一段3分钟的讲解词。该讲解词要求：用通俗语言介绍东汉洛阳的科技成就（如张衡地动仪），并加入一句自创的"趣味口号"（如"灵台观星，智慧千年！"）。

第二章　河洛古城：名家笔下的凝固史诗

平时东幸洛阳城，天乐宫中夜彻明。

往事越千年，沧海变桑田。洛阳，这座拥有千年历史的古城，不仅是人文景观的宝库，还是自然美景的聚集地。在这里，每一座建筑、每一片风景都承载着丰富的历史和文化。

李谟笛

◎［唐］张　祜

平时东幸洛阳城，天乐宫中夜彻明。
无奈李谟偷曲谱，酒楼吹笛是新声。

读与思

　　《李谟笛》是唐代诗人张祜的趣味小诗：洛阳皇宫彻夜奏乐，酒楼里的小人物李谟却偷学曲谱，吹出新鲜调子！诗中"皇宫天乐"和"民间新声"的热闹对比，像一场古代"音乐会直播"，描绘出唐朝洛阳音乐文化盛行的场景。

　　张祜生活在唐朝文化繁荣期，洛阳作为东都，音乐诗歌盛行。诗中李谟的行为可能基于真实事件，也可能是诗人创作的趣味故事。如果穿越回去，你最想体验哪种唐朝夜生活？试着以"夜市灯光如白昼"为开头写个小故事，或者画幅《洛阳夜市图》，通过文字或画笔描绘出你心中的大唐不夜城！

菩萨蛮·洛阳城里春光好

◎［唐］韦　庄

洛阳城里春①光好，洛阳才子②他乡老。柳暗魏王堤③，此时心转迷。　　桃花春水渌④，水上鸳鸯浴。凝恨⑤对残晖，忆君君不知。

注释

①春：一作"风"。

②洛阳才子：西汉时，洛阳人贾谊，年十八能诵诗书，长于写作，人称洛阳才子。这里指作者本人。作者早年寓居洛阳。

③魏王堤：唐代洛水在洛阳溢成一个池，成为洛阳的名胜。贞观年间，唐太宗将其赐给魏王李泰，故名"魏王池"。有堤与洛水相隔，因称"魏王堤"。

④渌：一作"绿"，水清的样子。

⑤凝恨：愁恨凝结在一起。

读与思

唐代词人韦庄用简洁生动的语言描绘了洛阳春天的美景。"柳暗魏王堤""桃花春水渌"，仿佛让人看到垂柳成荫的堤岸和桃花飘落的水面。但词人却在这明媚春光中感到孤单，因为他像词中提到的"洛阳才子"贾谊一样，才华横溢却漂泊他乡。这首词创作于唐朝末年，战乱频繁，韦庄离开家乡洛阳，诗句用美景反衬词人对家乡的思念与遗憾。

书《洛阳名园记》后

◎［宋］李格非

洛阳处天下之中，挟崤、黾之阻，当秦、陇之襟喉，而赵魏之走集，盖四方必争之地也。天下当无事则已，有事则洛阳先受兵。予故尝曰："洛阳之盛衰，天下治乱之候也。"

唐贞观、开元之间，公卿贵戚开馆列第于东都者，号千有余邸。及其乱离，继以五季之酷，其池塘竹树，兵车蹂躏，废而为丘墟。高亭大榭，烟火焚燎，化而为灰烬，与唐共灭而俱亡，无余处矣。予故尝曰："园圃之废兴，洛阳盛衰之候也。"

且天下之治乱，候于洛阳之盛衰而知；洛阳之盛衰，候于园圃之废兴而得。则《名园记》之作，予岂徒然哉？

呜呼！公卿大夫方进于朝，放乎一己之私，自为之而忘天下之治忽，欲退享此，得乎？唐之末路是已。

译文

洛阳地处全国的中部，拥有崤山、渑池的险阻，算是秦川、陇地的咽喉，又是通往赵、魏的必经要道，是四方诸侯必争之地。天下如果太平无事也就罢了，一旦有战事，那么洛阳总是首先遭受战争。因此我曾说过："洛阳的兴盛和衰败，是天下太平或者动乱的征兆啊！"

唐朝贞观、开元年间，高官重臣、皇亲国戚在东都洛阳营建馆舍府第的，号称有一千多座。等到后期遭受动乱而流离失所，接着是五代的残酷破坏。那些池塘、竹林、树木，被兵车践踏，变成一片废墟。高高的亭阁、宽大的楼台，被战火焚烧，化成灰烬，跟唐朝一起灰飞烟灭，没有留下一处。我因此曾说："馆第园林的繁盛或毁灭，就是洛阳兴旺或衰败的征兆啊！"

况且天下的太平或动乱，从洛阳的兴衰就可以看到征兆；洛阳的兴衰，又可以从馆第园林的兴废看到征兆。那么我作《洛阳名园记》，难道是毫无意义的吗？

唉！公卿大夫们现在正被朝廷提拔任用，放纵一己私欲，为所欲为，却忘掉了国家的太平或动乱的大事，想以后退隐了再享受这种园林之乐，能办得到吗？唐朝最后覆灭的情形就是前车之鉴啊！

读与思

李格非是苏轼的学生，受儒家思想影响很深，所以他的文字既有历史眼光，又有爱国情怀。读完后可以想一想：今天的城市变化（如老房拆迁、新楼建起）是否也能反映时代的变迁呢？

帝里诗坊：白居易笔下的洛阳城

◎马 琳

白居易出生在离洛阳不远的新郑，少年时期长期生活在洛阳附近。大和三年（829），白居易回洛阳定居，整个晚年时光都在洛阳度过。长期生活在履道坊的白居易，不吝在大量的诗歌中描绘洛阳的里坊风情，让我们透过他笔下里坊间的桥、门、楼、堂，得以明了些许由隋及唐的帝里格局，窥见丝毫中唐时期的家国风云。

洛阳城东逾瀍水，南跨洛河，面对伊阙，西滨涧河，北依邙山。洛水自东向西，穿市街中央而过，河上有大大小小数座桥梁。架在洛水上最大的桥和宫城的南正门相连，叫"天津桥"。"天津"即天上疆界的港口，桥北与皇城的端门相对，桥南与长达十里的定鼎门大街相连，成为隋朝都城南北往来的通衢。在《早春晚归》里，白居易翔实描绘了自己在天色将晚之时骑马路过天津桥、金谷园一带所看到的早春景致："晚归骑马过天津，沙白桥红返照新。草色连延多隙地，鼓声闲缓少忙人。还如南国饶沟水，不似西京足路尘。金谷风光依旧在，无人管领石家春。"无限春光里，诗人无拘无束、自由自在的生活情境跃然纸上。

诗人的另一首《和友人洛中春感》："莫悲金谷园中月，莫叹天津桥上春。若学多情寻往事，人间何处不伤神？"晋代文豪石崇洛阳家有金谷园，以富丽著称，后世多以石家园指称富贵人家。"津桥东北斗亭西，到此令人诗思迷。眉月晚生神女浦，脸波春傍窈娘堤。柳丝袅袅风缲出，草缕茸茸雨剪齐。报道前驱少呼喝，恐惊黄鸟不成啼。"在这首《天津桥》里，白居易将水月幻化为美人形象，且与地名恰相契合，让美景与美人融为一体，妙手天成。天津桥是中国历史上第一座开合桥。"天津晓月"亦是洛阳古八景之一。

定鼎门取名于"周武王迁九鼎，周公致太平"以及"成王定鼎于郏鄏"。史载周武王迁九鼎于洛阳，当时成周洛邑的南门之名即为定鼎门。隋炀帝迁都洛阳，成为第一个通过定鼎门的皇帝。定鼎门大街更是当时洛阳最重要的街道，权要和显贵也多聚于此。街宽百余米，长十里，两侧各有四行樱桃、石榴、榆树、柳树、槐柳，临街建筑一律为重檐格局且饰以丹粉。

定鼎门外有甘泉渠，渠上有午桥。"午桥碧草"则是"洛阳八小景"之一。午桥，在白居易的《和裴令公一日日一年年杂言见赠》里，是终日宴游与唱和，是退隐者最闲散、最有趣味的生活方式。"二年花下为闲伴，一旦尊前弃老夫。西午桥街行怅望，南龙兴寺立踟蹰。洛城久住留情否，省骑重归称意无。出镇归朝但相访，此身应不离东都。"而在他的《送张常侍西归》里，午桥顿成"别桥"，满是离愁与怅惘。

（节选自《华西都市报》，有删减）

读与思

白居易是唐代大诗人，幼时在洛阳附近长大，晚年定居洛阳。他用诗歌记录下洛阳城的点点滴滴，带我们穿越千年，感受古都的风采。

洛 阳

◎老 舍

与我有缘的洛阳施了留客的计巧，教丰年的大雨冲断了洛阳桥！

这北方的天，北方的情调，一块黑云就是万顷惊涛；没有那江南的细雨，轻打着芭蕉，更没有灯影花香，滴到天晓；在这里，暑气未消，冷风已到，斜来的雨点声重如雹；可怕的黑云，扑过远山，追着飞鸟，一会儿，天地无光，云腾海啸；千万条瀑布合成一条，悬空的大海向地上倾倒，水在急流，水在欢跳，只有一个声音是水在呼叫！

一会儿，像有什么心事，急在脱逃，那黑云，卷着雷闪，到别处鼓噪。

远远地架起七色虹桥！

这样，忽雨忽晴，青天与旅客忽啼忽笑：听着雨声，赶路的希望在心中缩小，看着晴空，晴空又必定招来警报；无计划而是必然的，去访问友好，看一看市面，闲步到四郊，用缘分与命定减少焦躁。

英雄伟人未必是虎目熊腰，同样的，洛阳的城市并不雄伟与热闹；小小的城，窄窄的道，正像洛阳女儿活泼短俏；啊，洛阳女儿，连中年的婆嫂，都穿起短衣，放弃了长袍！

不甚热闹，可也不甚萧条，虽然万恶的敌机不断地搅扰。

像孔雀开屏，这小城尾大身小，奇美的古迹展列在四郊：走过了康节听鹃的古桥，密密的柳荫护着大道，宋代的亭园，烟霞的笑傲，今日啊，是油油的绿田与青草！

路旁，小小的村，小小的庙，安乐窝中，赤体的小儿说是姓邵。

顺着柳荫，踏着青草；暖风，把金色的阳光吹入田苗，再以阵阵的清香招我们谈笑。

未到龙门，先看见红墙绿柏的关庙：庙内，开朗的庭院，明净的石道，肃敬的松影把神祠掩罩；怒目的关公似愤恨难消，面微侧，须欲飘，轻袍缓带而怒上眉梢；可是，神威调节着怒恼，凛然的正气抑住粗暴。

这设意的崇高，表现的微妙，应在千万尊圣像里争得锦标！

在后殿，像短龛小，以老太婆的心理供养着神曹，关公在读书，关公在睡觉，把敬畏与虔诚变成好笑。

在殿后，松荫静悄，护荫着关帝的碑亭和墓表。

据说，另有帝墓与神祠位在东郊，地形与史事都较为可靠，为争取真神，自不容假冒，两乡的百姓，从久远的年代直至今朝，还愤愤不平地彼此争吵！

（本文为节选）

> **读与思**
>
> 老舍在诗作《剑北篇》中说："在我心灵深处那有音乐的地方，觉得最好听的地名儿是洛阳。""我并没到过那个地方，仿佛就觉到一只彩禽在花林里轻唱！"

灯笼晃荡中到了洛阳

◎张恨水

　　洛阳这个地名，说到口里，就觉得响亮，最近把这里一度改了行都，那就更贵重了。

　　火车在黑暗里奔驰，我不时地由玻璃窗里向外张望，并没有什么，只是乌压压的一片低影子。我想着，一切留到明天再看吧，就坐着打瞌睡去，及至耳朵里听到人声嘈杂时，听到茶房说，到了洛阳了。匆匆地收拾了行李，就走下车来。

　　哈！这是新闻，那月台上很大的一片地方，只竖了两根长木头杆子，在上面挂了一盏小小的汽油灯，只是些昏暗的光，照着纷乱的人影子乱挤。在空场子南方，有了新鲜的玩意儿了，长的、方的、圆的、扁的，大大小小，罗列着一堆灯笼。我走近去，听到有人喊："中州旅馆吧？""名利栈吧？""大金台吧？"这让我明白了，这些灯笼是旅馆里接客的。在郑州我就打听清楚了，洛阳以大金台旅馆为最好，这"大金台"三个字送到了耳朵里，我就决定了到他家去。将栈伙计叫了过来，取了行李，受了检查，让栈伙引着路，我们就跟了他走。打灯笼的店伙计，引着一车行李先走；另一个店伙计，拿着手电筒，左右晃荡着引了我后跟。我所走的，是一条窄窄的土街，两边人家，都紧紧地闭着大门，每隔四五家门首，在那矮矮的屋檐下挂着一个白纸的方形吊灯，有的写着"安寓客商"，有的写着"油盐杂货"，仿佛我由二十世纪一跃而回到十八世纪了。我心里头简直说不出是一种什么感想。糊里糊涂的，随着那晃荡的灯笼，转了一个弯，这街上倒有几盏汽油灯，乃是理发店和洋货店，其余依然在昏暗灯光中。后来在一个圆纸灯笼下，我们进了一所大门。灯笼上有字，便是大金台了。

这旅馆既像南方一条龙的房子，一层层向里，又有点像北方的房子，每进都是三合院。我挑了一间最好的房子住，里面是一副床铺，一张方桌，两把木椅。隔壁有间小黑屋子，一铺一桌，就让工友小李住了。那地皮还没收拾好，虽是土质，倒有些像鹅卵石铺面的，脚踏在上面，和上海新亚大酒店的地毯，有点儿两样。伙计送进一盏煤油灯来，昏黄的光，和这屋里倒很相衬。只听到小李在隔壁和店伙计说："这是最好的旅馆，若不是最好的旅馆呢？"我在这边听着，也笑了。

读与思

1940年的洛阳就像一部老电影。虽然战火连天，但满街的"安寓客商"灯笼却像星星一样温暖，模糊的灯影藏着无数故事。当时的洛阳是抗战大后方，这些灯笼不仅是照明用的，更是给逃难者的"安全信号灯"。试着想象：如果穿越回那个年代，你会在灯笼上写什么字温暖路人？给家人寄信会用什么来表达特殊的情感？试着用彩笔画出你心中的"灯笼故事"吧。

群文探究

1. 中华文明发源于河洛地区，形成于河洛地区。名家笔下的河洛古城历史变迁，带我们穿越时光隧道，走向中华文明的摇篮。在这里，我们得以窥见中华文明最初的曙光。从本组文章中，找出至少三处关于洛阳地理位置、历史地位或文化特色的描述，了解洛阳的重要性。

2. 阅读《帝里诗坊：白居易笔下的洛阳城》《洛阳》，找出对洛阳的不同描写，如白居易的"眉月晚生神女浦"与老舍的"洛阳女儿活泼短俏"。

3. 白居易、李格非、老舍、张恨水等不同历史时期的名家，用文字描述出不同的洛阳城。假如你是一位穿越时空的旅行者，当置身于这四篇文章所描述的洛阳城中时，结合你对洛阳城的了解，请用一段话描述你眼中的洛阳。

第三章　河洛瑰宝：古今交融的璀璨篇章

处处风光好，步步景色新。

　　洛阳这个历史文化与自然风光并存的城市，拥有丰富的旅游资源和深厚的文化底蕴。其中最具有代表性的就是龙门石窟和洛阳牡丹，古往今来的文人墨客留下了不少脍炙人口的诗篇。龙门石窟，是世界上造像最多、规模最大的石刻艺术宝库，被联合国教科文组织评为"中国石刻艺术的最高峰"，为世界文化遗产。

扫码立领
★ 名师朗读
★ 美文微课
★ 城市印象
★ 老城记忆

游龙门奉先寺

◎ [唐] 杜 甫

已从招提游，更宿招提境。
阴壑生虚籁，月林散清影。
天阙象纬逼，云卧衣裳冷。
欲觉闻晨钟，令人发深省。

龙门石窟风光

读与思

　　《游龙门奉先寺》是杜甫早期诗作中的佳作，此诗叙写了龙门夜景及若有所悟的心境，展现了他青年时期对自然与精神世界的细腻体察。

邙　山

◎［宋］司马光

山静间云夹树飞，樵人①相遇总忘机②。
息柯③且说山中事，共指长河落日晖。

注释

①樵人：以砍柴为生的山民，象征远离尘嚣的朴素生活。
②忘机：源自道家思想，指忘却世俗算计。
③柯：指斧柄，引申为劳作。

读与思

　　司马光的《邙山》就像一幅安静的山景画：山里静悄悄，云朵在树间飘动，砍柴的人碰见朋友，停下活儿一起看夕阳落进大河。诗里用"山静""忘机"这些词，写出了山里简单快乐的生活，还有人和自然像朋友一样的温暖。你喜欢热闹的城市，还是安静的山林？放学后，试试去公园看夕阳，用"云朵在树间飞""一起指夕阳"这样的句子写诗，或者拍一张落日照片，配上几句话，进行自己的小创作吧！

白马寺

◎老 舍

中州原善土，白马驮经来。

野鹤闻初磬，明霞照古台。

疏钟群冢寂，一梦万莲开。

劫乱今犹昔，焚香悟佛哀。

白马寺

读与思

　　白马寺的钟声，浑厚、庄严、悠远，远闻数十里，并与洛阳城内钟楼之钟共鸣，堪称一奇。它的余音在耳畔掠过，犹如历史深处传来的一声叹息，又如时代列车擦身而过的轰鸣。

春风满洛城

◎郑振铎

在这春意盎然的气息中，仿佛能闻到古代泥土的芬芳。寺庙里，古松苍翠欲滴，仿佛诉说着千年的故事。大殿内的古佛、菩萨塑像，古雅而美丽，仿佛是元代或明初的杰作，甚至可能是辽、金时期的遗存。

天空中，鸿雁振翅高飞，猎狗威猛而稳健地搜索着猎物，老人执杖前行，学者手执竹简匆匆赶路，行人相遇而揖，这一切都生动地展现了两千多年前现实主义艺术家的创作灵感。

这些生动的场景，如今陈列在加拿大的博物院里，但它们永远地印刻在我们的记忆中。就像一面出土于唐墓的嵌螺钿平托镜，镜背上的图画精丽工致，动人心魄。月光下，树上有凤凰、鹦鹉，池中有鸳鸯，还有两位老者，席地而坐，一弹阮咸，一持杯欲饮，丫鬟侍立于后。

登上邙山，只见处处白纸乱飞，原来是清明时节，子孙们来上坟的痕迹。坟上套坟，不知埋葬了多少历代的名人志士、美女才子。

读与思

郑振铎在《春风满洛城》中，通过细腻的笔触描绘了洛阳古城的春日景象，展现了古城的历史韵味和自然风光。

洛阳白马寺，中国第一古刹

◎江　峰

一、帝国的禅音

一道敕令，准备了整整 4 年；一场大梦，修建成千年古寺。

公元 68 年（即汉明帝永平十一年），东汉帝国建国 43 年。经汉光武帝刘秀与汉明帝刘庄近半个世纪的治理后，东汉在军事、文化、经济上都达到空前繁荣。

这一年，汉明帝刘庄 41 岁，正值壮年。对外，他派窦固发兵征伐北匈奴，并遣班超出使西域，重新打通了"丝绸之路"，使之自洛阳城直达罗马；对内，他倡办儒学、招抚流民、兴修水利、大治农桑。东汉国内安定，民安其业，户口滋殖。与此同时，"儒释道"三大主流思想即将全部形成。

也是这一年，在洛阳城皇宫之内，汉明帝写了一道敕令——"在洛阳城西雍门外三里御道北兴建僧院"。其实，为了这一道敕令，汉明帝刘庄已准备了整整 4 年。

4 年前（即公元 64 年）的一天，汉明帝刘庄在洛阳做了一个奇怪的梦，梦到西方有异神。梦醒后，他便遣郎中蔡愔、博士弟子秦景等赴天竺求法。他们一走就是整整 3 年。

直到公元 67 年，一行人万里迢迢，自天竺返回洛阳。同行的，还有两名天竺僧人（摄摩腾、竺法兰）和一匹白马、几箱经书。

公元 68 年，僧院建成，汉明帝因念白马驮经有功，便将该僧院命名为白马寺。在白马寺中，摄摩腾、竺法兰译出中国历史上第一部经书——《四十二章经》。这是中国历史上第一次"西天取经"，比唐玄奘早了整整 560 年。

自此，佛教文化形成。白马寺也被誉为"中国第一古刹"，自此享有"释源""祖庭"之誉。

二、动荡中的重生

东汉末年，董卓乱政，洛阳城遭到空前破坏，白马寺也被殃及。

在董卓挟汉献帝西迁时，一把火将洛阳城烧为平地。随后，以渤海太守袁绍为盟主的各地联军围攻洛阳，对其形成半包围之势。为防止洛阳居民逃走，袁绍便把洛阳城二百里以内的房屋全部烧毁。白马寺也被烧毁殆尽，这是白马寺历史上的第一场浩劫。

洛阳白马寺全景

公元 208 年，赤壁间一把大火，三国鼎立时代正式到来，白马寺也随之"回血"。曹魏占据了广阔的中原大地。公元 220 年，曹丕称帝。他在东汉洛阳城的废墟之上，重新营建

白马寺缅甸塔

洛阳城和白马寺。经曹丕、曹叡的大规模营建，白马寺恢复了汉时盛况。

三、与神都共辉煌

三国归晋，晋末永嘉之乱，白马寺又经历了新一轮破坏。经历了漫长的南北朝时期，中国历史进入了全新篇章——大唐。

公元 690 年，大唐进入武则天时代。洛阳也随着武则天称帝进入历史上的黄金时期，神都洛阳自此诞生；洛阳白马寺，也迎来最辉煌的时期。

武则天崇佛，除了开凿辉煌的龙门石窟外，白马寺更成为当时的皇家寺院。一时塔舍林立，金碧辉煌，不可胜数。

公元 705 年，武则天病逝于洛阳上阳宫，武周正式还政于唐。半个世纪后的 755 年，唐朝爆发了"安史之乱"。自此，唐朝由盛而衰。白马寺也在这场浩劫中遭到严重破坏。

唐代以后，洛阳不复为都，辉煌了千年的白马寺开始沉寂于历史之中。随后，北宋时期宋太宗虽重修白马寺，但已不复其往日辉煌。

四、史中一杯酒，佛前一炷香

宋朝灭亡后，白马寺又遭破坏，明代重修；明朝灭亡后，白马寺再遭破坏，清代重修。

目前白马寺的整体格局，沿用、保留了明清两代风貌。中华人民共和国成立后，白马寺作为"第一批全国重点文物保护单位"得到了彻底的保护。如今，白马寺香火袅袅。古今多少事，都化作一缕缕青烟渐渐散去，留给我们的是不尽的思绪。

"春风不识兴亡意，草色年年满故城。""若问古今兴废事，请君只看洛阳城。"司马光这样形容白马寺所在的"神都"洛阳。也许，白马寺在近2000年的历史长河中见证了太多兴亡交替、王朝霸业。今日，以史中一杯酒、佛前一炷香，敬这座伟大的城和不朽的寺。

（本文选自《国家地理》，有删减）

读与思

白马寺的钟声穿越千年时光，在红墙碧瓦间回荡。作为中国第一座官建佛寺，它见证了佛教东传的起点——从汉明帝"白马驮经"的传说到《四十二章经》的译出。这座古刹历经东汉的兴建、三国的战火、盛唐的辉煌，在明清时期重获新生。如今，漫步在苍松翠柏掩映的寺院中，抚摸着斑驳的砖石，仿佛能触摸到历史的脉络。白马寺不仅是一座寺庙，更是一部立体的中国佛教史，记录着文化的交融与时代的变迁。

诗意的白园

◎杨志学

　　白园也称白居易墓园，坐落在香山北头，南距香山寺四五百米。这真是一个诗意的所在！门口匾额上"白园"二字由启功先生题写。白园以白居易墓为中心，环绕琵琶峰而建成。公园占地面积不算大，但树木葱茏，泉水叮咚，忽上忽下，颇有曲折之美。认真游览和品味白园的人，会得到两点深刻感受：一是白园依傍山势，因地制宜，设计得颇为精巧、合理；二是整个墓园洋溢着浓浓的诗意。对于一个寻觅诗魂、感受诗美的旅游者来说，在这里徘徊、逗留一天也不为过。谢灵运有诗云："清晖能娱人，游子憺忘归。"而在白园逗留，使你"忘归"的，却不只是自然的"清晖"，你会明显感受到一颗活的诗魂的存在，激荡着你的心灵。

　　白园的空间虽不阔大，但它曲折生姿，可供欣赏、逗留的景观还是颇为丰富的。有三个主要景观，游人不可不看：一是乐天堂，二是琵琶峰和白墓，三是诗廊。这三个主要景观，构成了游览欣赏的"三部曲"，其他林荫小径、亭台楼榭点缀其间，可以作为欣赏观览过程的间歇与变奏。小小白园，它所启发、点燃的游人的想象空间是非常广阔的，以至无边无际的。

　　步入白园，拾级而上，不足20米，你即可于左侧看到乐天堂，它掩映在大树的高枝繁叶之中。门额上"乐天堂"三字仍由启功先生书写。堂门有两副对联。内联是："为生民忧直言极谏，得山水乐饮滔赋诗。"系王遐举隶书。外联是："西湖筑白堤龙门开八滩倡乐府诗讽喻志在兼济天下，履道凿园池香山卧石楼援丝竹赋青山乐于独善其身。"是周而复书写的。堂内供有一尊白乐天全身侧坐像，高1.5米，底座宽2米有余。堂内服务人员告诉我，塑像系玉石雕成。并说，堂内早先陈设的是泥塑乐天立像，后来换成了这样的玉石坐卧塑像。乐天堂是"白园三部曲"的第一部，它似乎首先概括性地向游人揭示出白居易是一个什么样的人。这是一个功绩远远大于过失的诗人。虽然他晚年考虑自己多了些，但其耿直、高洁的人格和忧国忧民的情怀仍有其连贯统一性。

看完乐天堂，再登高而上，很快，便由一条干净的石铺小径把你引向一片开阔地，这便是琵琶峰。走过去一看，真像一个硕大的琵琶。你刚刚踏过的石铺小径就是琵琶的曲颈，而与石铺小径相连接的上窄下宽的圆形峰顶便是琵琶的琴箱。白居易墓便紧承琴箱，位于大琵琶的底下，即琵琶峰的最西头。白墓为直径19米的圆形砖砌墓。墓顶青草离离。你可能会由此想到诗人的"离离原上草"的诗句。墓的四周有多棵柏树环绕成一个圆圈，中间生有枣树。有人把这枣树看作白居易的象征。树刺是针砭时弊的利器，树果是治世济民的良药。在墓穴西侧的正中矗立着砖砌墓碑，上书"唐少傅白公墓"六个大字。这块墓碑已成为白墓的标志和象征。我们在许多叙写白居易的著作、文章中都可以看到这个墓碑的图片。碑的位置是有变动的，不过总在墓的旁边。

从白公墓沿石级而下，右转，行20米即诗廊。诗廊全长五六十米，白居易的一些脍炙人口的名篇被镌刻在这里。其书法均出自名家之手，如欧阳中石、王遐举、楚图南、周而复、陈天然、李进学等都在这里留下了手迹。诗书结合，堪称双璧。开首一块碑刻的是《琵琶行》，系欧阳中石手笔，全诗88句616字，以清晰、秀丽、富于个性的小楷书之刻之，真令人对书法家的造诣和雕刻者的技艺称美不已。最后一篇刻的是《村居苦寒》，是张道兴书写的。

在诗廊，我们看到，白居易的某些短诗名篇被不止一位书法家书写，如《卖炭翁》《买花》。尤其是《赋得古原草送别》一篇，共有五块碑刻。其中三幅全文书刻，一幅书刻前四句，一幅只书"野火烧不尽"二句。

观看诗廊，真是莫大的艺术享受。这些名家书法，一方面本身是具有较高审美价值的艺术品，另一方面又是另一种艺术的载体，是传播白居易诗的良好媒介。尽管白居易生前即为诗的通俗化、民间化付出了努力，甚至传说他的诗"老妪都解"，但由于时间久远，白诗对于今人而言，早已成为经典的高雅作品。现在，白园诗廊为观众更好地感受白居易的作品搭起了桥梁，它定会激发观赏者进一步阅读白诗的兴趣。

诗廊是"白园三部曲"的最后一部。游人将带着对白诗永远的回味离去，并将在心中记住这个美好的地方——龙门香山上诗意的白园。

读与思

漫步白园，不仅能感受到自然山水的清幽，更能触摸到一个伟大的诗魂。那些刻在石碑上的诗句，仿佛穿越时空而来，诉说着诗人对百姓疾苦的关切，对美好生活的向往。白园虽小，却承载着厚重的文化记忆，让每一位到访者都能领略到中华诗词的永恒魅力。

伊河情思

◎李雅红

　　伊河与洛河、瀍河、涧河是环绕洛城的四条古老的河流，虽发源地不同，但均汇入黄河。四河贯城，让洛阳平添了古韵和灵气。伊河发源于熊耳山南麓的栾川县陶湾镇，全长约265公里，流域面积6100多平方公里，流经嵩县、伊川，蜿蜒于熊耳山南麓、伏牛山北麓，穿伊阙而入洛阳，从龙门大佛的脚下静静地流过，至偃师注入洛河，汇合成伊洛河。

　　以前，伊河绕洛阳城而过。2009年，洛阳市的城市发展跨过伊河，由"洛河时代"进入"伊河时代"。伊河流经洛阳城区段30公里，面积24平方公里。洛阳沿伊河两岸兴建伊水游园20平方公里，全长18.5公里。自南向北修筑了龙门古韵、郊野休闲、中央商务、生态湿地四个集生态休闲、体育健身、观光娱乐等功能于一体的游园，设置城市书屋、驿站、休闲广场等配套设施。突出打造人与自然和谐相处的生态环境，实现"城在绿中，水在城中，人在景中"的城市景观。

　　伊水游园的建成，不仅提升了伊河的防洪能力，保障了周边居民的安全；同时提高了城市蓄水量，净化了生态环境，让人们能够呼吸到清新湿润的空气；更重要的是，人们多了个假日休闲锻炼的最佳去处。

　　我和朋友节假日常去的就是开凿最早的龙门古韵段。沿着伊水步道由北向南逆水而上，到达第一级橡胶坝，就能望见远处两山对峙伊水中流的伊阙。《水经注》记载："昔大禹疏以通水。两山相对，望之若阙，伊水历其间北流，故谓之伊阙矣。"这是洛阳城南最重要的门户，汉时设为伊阙关，以"一夫当关，万夫莫开"之势拱卫着京师。

晴朗的天空下，伊水泛着粼光从远古流淌而来。眼前似乎看到伊阙之战中白起挥舞着战刀击败了韩魏联军，一战而成就了战国名将之首的威名。似乎听到隋炀帝站在邙山之巅的翠云峰上望着伊阙说道："此龙门耶，自古何为不建都于此？"仆射苏威答道："自古非不知，以俟陛下。"由此一座宏伟的建筑——隋唐洛阳城伫立在河洛大地上，也耸立在历史的长河中，成为耀眼夺目的隋唐盛世与繁华之地，血雨腥风的伊阙也有了龙门天阙之名。

奔腾的伊河水翻过龙门山，冲过伊阙关，缓缓流入洛阳，潺潺的水声中似还飘荡着雕凿石刻的叮咚声。神秘的卢舍那大佛，祥和地端坐在伊水西岸，静静地注视着不舍昼夜流向远方的伊河水，一视千年，无言地陪伴和见证着洛阳千年的变迁。隔河相对的香山寺旁，盛唐诗人号"香山居士"的白居易安详地躺在那里，聆听着伊河轻波，见证着古今废兴。

（本文为节选，有删减）

读与思

伊河像一条银色的丝带，从熊耳山南麓缓缓流来，穿过龙门石窟，最终汇入洛河。从战国时期的伊阙之战，到隋唐时期的盛世繁华，再到如今"伊河时代"的城市新貌，伊河这条古老的河流见证了洛阳城的千年变迁。

洛阳西工小街记

◎张劭辉

　　洛阳者，千年帝都牡丹花城也；西工者，周王城故地洛城中心也。洛阳西工小街，实则不"小"。物华天宝，拥万载之福库；天子脚下，承千年之春风。

　　予观夫西工小街，占温润之所，踞隆盛之脉；处城市核心，拥商贸宝地。东仰天堂明堂之壮雄，西瞻天子驾六之威风；南观洛水叹逝者如斯夫，北望陇海赞列车飞驶新时代。舟车交汇，八方通达。仰承天宇灵光，俯依人间瑞气。熙熙乎百坊百业竞秀，攘攘乎千商千户盈门。如是洛阳一景，河洛名埠也！

　　百年历史，为世人所钟爱；兴替沧桑，为史册所留名。初谓营市街，北洋军阀袁吴兵营；今称西工小街，现代洛阳商贸肇兴。商业繁荣，一脉相承；美食卓然，亘古不变。霞光初露，店铺含光以开轩迎宾；艳阳普照，商客络绎而美食琳琅。解放前回民饭店旗幡招展，解放后红卫饭店人声喧天；野味香二十饭店百年传承，豫香楼西工饭庄历久弥新；小街锅贴丹珍汤圆天府担担面名不虚传，冰糖葫芦糖炒栗子串串铁板烧引人垂涎。魂牵梦萦，皆为数代洛阳人舌尖之记忆，亦为洛阳游子"莼鲈之思"也。绿色食品带清露，风味小吃含月华。羲皇圣明，饮食焉能脱乎尘世间？唐虞高远，口齿安敢超然浮生外！嗟乎，市井多姿，何啻华堂纵情；人生多彩，岂止长堤抒怀？

　　若夫百工献艺，满市风流。修锁配钥诩泰斗，织衣修鞋夺天工。刻章雕字容古今，书画剪纸纳宇宙。表匠不语知岁月，绣工慧眼识春秋。红光照相留倩影，三友理发领潮流。老洛阳风情，聚此商业一街。一步观市井，双眸品烟火。恍然离现代而回旧时，真乃居闹市犹在古镇。

城本显志，街亦载道。今逢盛世，政通人和。全新理念，打造小街记忆；改造提升，彰显古今辉映。焕然面貌，再现古韵而展新风。入斯街，旅游于良辰之际，休闲于方寸之内，交易于商业之潮，往来于亲和之美。携侣乘兴来，结伴满载归。夫一街之盛，一城之兴也。故有赞曰：欲寻诗和远方，请来洛阳！欲看洛阳底片，请来小街赏！

读与思

　　"全新理念，打造小街记忆；改造提升，彰显古今辉映。"西工小街承载着洛阳城的烟火记忆，从北洋时期的营市街到如今的繁华商圈，这条不"小"的小街见证了城市的变迁。清晨锅贴的香气，午间担担面的热辣，傍晚糖炒栗子的甜香，交织成几代洛阳人共同的味觉记忆。

重渡沟赋

◎贾海修

　　重渡沟，位于河南省洛阳市栾川县，因东汉光武帝刘秀二渡伊水至此，摆脱王莽追杀并成就帝业而得御赐之名。沟内以金鸡河与滴翠河闻名，飞瀑流泉，翠竹环绕，景色如画。秋赏红叶，夏享清凉。竹林小径通幽，民宿竹宅温馨。更有农耕文化体验，竹筒米饭香飘四溢，一景一情，皆值细品，《重渡沟赋》带你领略其全貌。

　　天地氤氲，万物化醇；南沟西沟，处处皆景。南沟藏金鸡：金鸡河有八里，以水为斧显神力；西沟蕴滴翠：滴翠河长七里，化竹为海成仙景。飞虹瀑、泄愤瀑、双叠瀑，瀑瀑相连，如银河

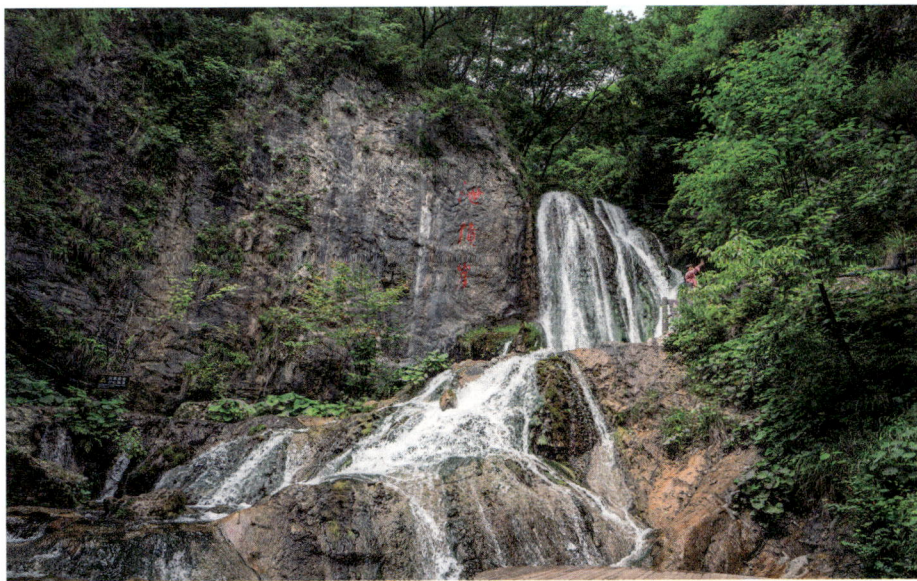

直泻落九天；天井泉、象吐泉、剑插泉，泉泉喷涌，似龙头开闸润山川；革面潭、虬爪潭、溅珠潭，潭潭幽深，若虬龙潜伏佑平安。千年菩提、龙曳磨，小桥流水人家；蟾蜍邀主，锁蛟崖，金鸡引路出发。水帘仙宫有仙翁登坛，千年豹榆生壁虎情缘，团团青苔割飞瀑，长短有序，粗细错落，飞金泻银，恰似珠帘挂门前。

　　晴午时分，瀑底青苔飞彩虹，虹光随步履飘移；秋风起兮，悬壁枝丫染红霞，丹叶青苔两生辉。有瀑震天雷，数条激流穿石下，隆隆若车辇龙王行；有村曰农耕，几间茅屋沿廊坐，当当传手工作坊击打声。竹林千亩荫天女植竹，绿竹长廊映湖光翠影，农舍修竹掩林海蝉鸣。俯而察之，绿波起伏，宛如大海无穷际；仰而望之，遮天蔽日，仿佛大地披绿衣。竹成林，凤来栖；径通幽，人心寂。千家民宿，随愿竹宅可居；万碗佳肴，唯竹筒米饭尤香。

（本文为节选）

读与思

　　重渡沟内的农耕文化让人流连忘返，竹筒饭的香气飘散在山间，民宿竹宅透着温馨。千年菩提、小桥流水、水帘仙宫，每一处景致都在诉说着这片土地的传奇故事。重渡沟的山水之间，既有大自然的鬼斧神工，又蕴含着深厚的历史文化底蕴。

　　文章提到了晴午时分和秋风起时的景色变化，请对比这两个时间点的重渡沟，试着用一段话描绘出它们的不同之处。

群文探究

1. 佛光千年：石窟与古刹的对话

龙门石窟的十万余尊佛像与白马寺的晨钟暮鼓，都是佛教东传的见证。对比两者，你认为佛像雕刻的宏伟壮丽与寺院钟声的悠远深沉，分别传递出怎样的文化力量？如果让你为龙门石窟和白马寺各画一幅"文化名片"，你会用哪些色彩和符号来表现它们的特点？

2. 诗园寻踪：白园里的山水诗心

白园的琵琶峰与诗廊镌刻着白居易的忧国情怀。想象你是园中的一棵古树，目睹诗人创作《琵琶行》的场景，你会如何用"树的眼睛"描述当时的画面？试着用四句押韵的短诗，展现乐天堂中塑像的神态或诗廊石碑的墨香。

3. 伊河绘卷：从战火到绿波的变迁

伊河曾流淌过战国的刀光剑影，如今倒映着游园的欢声笑语。如果伊河会说话，它会如何向游客讲述"伊阙之战"与"橡胶坝"两个时代的故事？请设计一张"古今对话卡"，左栏用古文风格写战火记忆，右栏用现代诗写生态新景。

4. 小街烟火：舌尖上的历史密码

西工小街的锅贴香气与修锁匠的叮当声，藏着洛阳的市井记忆。如果让你化身"小街侦探"，通过一种美食（如汤圆）或一件老物件（如红光照相机），揭开一段故事，你会如何设计"探秘任务卡"？

第四章　河洛牡丹：千年不朽的牡丹文化

唯有牡丹真国色，花开时节动京城。

　　牡丹雍容华贵、国色天香，其富丽之姿寓意吉祥富贵与繁荣昌盛，是中华民族兴旺发达、美好幸福的象征。洛阳牡丹花朵硕大，品种繁多，花色奇绝，有红、白、粉、黄、紫、蓝、绿、黑及复色九大色系，拥有10种花型和1400余个品种。花开时节，洛阳城人潮涌动，竞睹牡丹倩姿芳容。洛阳牡丹甲天下，千年不败，唱咏不衰。

扫码立领
★ 名师朗读
★ 美文微课
★ 城市印象
★ 老城记忆

赏牡丹①

◎［唐］刘禹锡

庭前芍药②妖无格③，池上芙蕖④净少情。

唯有牡丹真国色⑤，花开时节动京城。

注释

①牡丹：著名的观赏植物。古无牡丹之名，统称芍药，后以木芍药称牡丹。

②庭前芍药：喻指宦官、权贵。芍药，多年生草本植物，属毛茛科，初夏开花，形状与牡丹相似。

③妖无格：妖娆美丽，但缺乏标格，格调不高。妖，艳丽、妖媚。格，品质、格调。

④芙蕖：荷花的别名。

⑤国色：倾国倾城之美色。原意为一国中姿容最美的女子，此指牡丹富贵美艳、仪态万千。

读与思

　　这首赞美牡丹的诗作，展现了诗人刘禹锡对理想人格的追求。诗人认为芍药格调不高、芙蕖缺少情趣，对既有外在姿态、又有内在气质的牡丹如此钟爱，可见牡丹花象征了一种尽善尽美的理想人格。刘禹锡所走过的人生道路，正是对这一理想人格的追求和实践。此诗在后世广为流传，成为描绘洛阳牡丹和洛阳城盛景的经典之作。

牡丹芳（节选）

◎［唐］白居易

花开花落二十日，一城之人皆若狂。

三代①以还文胜质②，人心重华不重实。

重华直至牡丹芳，其来有渐③非今日。

元和天子④忧农桑，恤下⑤动天⑥天降祥。

注释

①三代：典出司马迁《史记·封禅书》中的"昔三代之居，皆在河洛之间。"这里指夏、商、周。

②文胜质：典出《论语·雍也》中的"质胜文则野，文胜质则史。文质彬彬，然后君子。"此处意为人们崇尚文采胜过了喜爱事物质朴的本性。

③有渐：有所加剧。

④元和天子：指唐宪宗李纯。

⑤恤下：抚恤下民。

⑥动天：感动了上天。

读与思

　　《牡丹芳》是白居易于唐宪宗元和年间新乐府运动时期写的乐府组诗中的一首。这首诗通过描绘牡丹花的美丽和人们的热情，反映了当时人们倾城观花的盛况，表达了诗人对美好事物的向往和对人们热情的赞美。

腊日①宣诏幸②上苑

◎ [唐] 武则天

明朝游上苑③，火速报春④知。
花须⑤连夜发，莫待晓风吹。

注释

①腊日：农历腊月初八。

②幸：皇上驾临。

③上苑：皇家园林，即神都苑（又称上林苑），在隋唐洛阳城宫城（紫微城）之西，以花著称。唐诗中有"春还上林苑，花满洛阳城""辇路生秋草，上林花满枝"之句。

④春：指春神。

⑤须：必须。

读与思

　　武则天是中国历史上唯一的女皇帝。她善于治国，重视人才，而且知人善任，为唐玄宗的"开元盛世"打下了基础，对历史的发展做出了重要的贡献。传说，武则天冬游上林苑，见满园萧瑟，诏令百花冒雪开放。唯有牡丹违命不从，触怒天威，被女皇贬到洛阳。之后牡丹在洛阳生根，开启千古传奇，成为一国之花。

牡　丹

◎［唐］徐　凝

何人不爱牡丹花，占断城中好物华。

疑是洛川神女作，千娇万态破朝霞。

读与思

　　牡丹素有"花中之王"的美称。牡丹花国色天香、雍容华贵，盛开时花团锦簇、风姿绰约。牡丹花更象征着高贵、典雅的精神品格。

洛阳牡丹图（节选）

◎［宋］欧阳修

洛阳地脉花最宜，牡丹尤为天下奇。

我昔所记数十种，于今十年半忘之。

开图若见故人面，其间数种昔未窥。

客言近岁花特异，往往变出呈新枝。

读与思

　　欧阳修作《洛阳牡丹图》后，"洛阳牡丹甲天下"之誉由此发端。北宋时期，赏花、簪花、买花之风盛行，已深深融入洛阳民俗。史载，当时洛阳城中"以花为屏帐""满目皆花"，尽显太平盛世的景象。

洛阳牡丹记·花品序第一

◎［宋］欧阳修

　　牡丹出丹州、延州，东出青州，南亦出越州。而出洛阳者今为天下第一。洛阳所谓丹州花、延州红、青州红者，皆彼土之尤杰者，然来洛阳，才得备众花之一种，列第不出三已下，不能独立与洛花敌。而越之花以远罕识，不见齿，然虽越人亦不敢自誉，以与洛阳争高下。是洛阳者，果天下之第一也。

　　洛阳亦有黄芍药、绯桃、瑞莲、千叶李、红郁李之类，皆不减他出者，而洛阳人不甚惜，谓之果子花，曰某花（云云）、某花。至牡丹，则不名，直曰花，其意谓天下真花独牡丹，其名之著，不假曰牡丹而自可知也。其爱重之如此。

　　说者多言洛阳于三河间，古善地。昔周公以尺寸考日出没，测知寒暑风雨乖与顺于此，此盖天地之中，草木之华得中气之和者多，故独与他方异。予甚以为不然。夫洛阳于周所有之土，四方入贡，道里远近均，乃九州之中，在天地昆仑磅礴之间，未必中也。又况天地之和气，宜遍被四方上下，不宜限其中以自私。夫中与和者，有常之气，其推于物也，亦宜为常之形，物之常者不甚美，亦不甚恶，及元气之病也，美恶鬲（gé）并而不相和入，故物有极美与极恶者，皆得于气之偏也。花之钟其美，与夫瘿木痈肿之钟其恶，丑好虽异，而得分气之偏病则均。洛阳城圆数十里，而诸县之花，莫及城中者，出其境则不可植焉。岂又偏气之美者，独聚此数十里之地乎？此又天地之大，不可考也已。凡物不常有而为害乎人者曰灾，不常有而徒可怪骇不为害者曰妖，语曰："天反时为灾，地反物为妖。"此亦草木之妖而万物之一怪也。然比夫瘿木痈肿者，窃独钟其美而见幸于人焉。

（本文为节选）

译文

牡丹产于丹州、延州，往东则有青州，往南也有越州。但出产在洛阳的，现在是天下最好的。洛阳所谓的丹州花、延州红、青州红等品种，原本都是当地最杰出的，但运到洛阳后，也只能作为众多花卉中的一种，排名不能超过三等，以下的品种就更不能与洛阳的牡丹相抗衡了。而越地的牡丹因为遥远且罕见，不被人们所知，因此不被看重，但即使是越地的人也不敢称其牡丹能与洛阳的牡丹争高下。可见洛阳的牡丹确实是天下第一。

洛阳也有黄芍药、绯桃、瑞莲、千叶李、红郁李等花卉，都不比其他地方出产的差，但洛阳人并不特别珍惜它们，称之为"果子花"，或者直接说某种花的名字，而到牡丹则不称其名，就直接叫"花"。他们的意思是，天下真正的花只有牡丹，它的名声之大，不用叫"牡丹"这个名字也知道。洛阳人对牡丹的爱重到了如此地步。

说（洛阳牡丹特别好）的人大都认为洛阳处于黄河、洛河、伊河之间，自古就是吉祥之地。古时候，周公通过精确测量日出日落来考察这里的气候变化，发现这里的寒暑风雨都非常调和。这里大概是天地的中心，草木在这里得到了中和之气的滋养，所以与其他地方不同。我对这种说法很不以为然。洛阳虽然是周朝土地的一部分，且从四面八方到这里的距离都差不多，是九州的中心，但在天地昆仑的广阔范围内，它并不一定是中心。更何况，天地的和气应该遍布四方，而不应只局限于某个地方。中和之气是恒常存在的，它们对万物的影响也应该是恒常的。通常的物体既不特别美，也不特别丑。但当元气出现病变时，美与丑就会并存而不相和谐，所以有的物体极其美丽，有的则极其丑陋，这都是因为得到了偏斜之气。花朵凝聚了美丽之气，就像瘿木和痈肿凝聚了丑恶之气一样，虽然美丑不同，但都是得到了一种偏斜之气的结果。洛阳城方圆几十里，各县的花都不如城中的好，一出城就不能栽种了。难道这偏斜的美丽之气只聚集在这几十里的地方吗？这又是天地之间的一个大谜，无法考察清楚。凡是不常有且对人有害的事物称为灾，不常有且只是奇怪而不造成危害的事物称为妖。俗话说："天反时为灾，地反物为妖。"牡丹也是草木之妖，是万物中的一个奇怪现象。然而，与瘿木和痈肿相比，牡丹却独自凝聚了美丽之气，并因此受到了人们的喜爱。

读与思

　　欧阳修的《洛阳牡丹记》作于宋景祐元年(1034)，全文分三部分：《花品序第一》《花释名第二》《风俗记第三》。它是我国现存最早的关于牡丹的专著。

群文探究

1. 传说武则天贬牡丹至洛阳，而欧阳修却盛赞"洛阳牡丹甲天下"。这一贬一赞的两个故事，矛盾吗？你认为牡丹在洛阳兴盛是偶然的，还是必然的？试从地理、文化等角度分析，并创编一段关于"牡丹仙子下洛阳"的故事台词。

2. 欧阳修在《洛阳牡丹记·花品序第一》中感叹牡丹"得中气之和"，现代洛阳仍以牡丹为城市名片。从古至今，人们对牡丹的喜爱有何变化？如果你是"牡丹文化小使者"，你会用哪些新方式（如短视频、文创产品等）向世界推广它？画出你的创意草图，并用文字说明。

第五章 河洛文脉：辉映古今的文明之魂

若论文脉绵延处，且看河洛天地心。

从古至今，无数文人墨客泼墨挥毫，留下"火树银花"的繁华与"花胜去年红"的诗意。二里头遗址的青铜礼器闪耀着先民智慧，孔子问礼开启儒道哲思长河，关羽忠义传奇与关林香火绵延。这里的一砖一瓦皆可成诗，一草一木皆可入史。河洛文脉如洛河之水奔流不息，激荡着千年不灭的文明星火。

扫码立领
★ 名师朗读
★ 美文微课
★ 城市印象
★ 老城记忆

正月十五夜

◎［唐］苏味道

火树银花合，星桥①铁锁开②。

暗尘随马去，明月逐人来。

游伎皆秾李，行歌尽落梅③。

金吾④不禁夜，玉漏莫相催。

注释

①星桥：指洛阳的星津桥（天津三桥之一）。洛水贯都如星河，故以星津桥代指天津桥。

②铁锁开：象征京城取消宵禁，允许百姓通行。唐朝平时有宵禁，但元宵夜特许开放，万人空巷观灯。

③行歌尽落梅：歌女们边走边唱《梅花落》等流行曲调，展现节日的欢愉氛围。

④金吾：指负责京城戒备的禁卫军。

读与思

唐代，东都洛阳元宵夜的"端门灯火"盛极一时。正月十五的洛阳城，给文人雅士留下最灿烂的记忆。全诗音调和谐，韵致流溢，俨然一幅唐代洛阳节日的风情画，让人百看不厌。

杂曲歌辞·长相思

◎［唐］苏　颋

君不见天津桥①下东流水，东望龙门北朝市②。

杨柳青青宛地垂③，桃红李白花参差。

花参差，柳堪结，此时忆君心断绝。

注释

①天津桥：唐代洛阳城横跨洛水的浮桥，为连接长安与洛阳的交通要道，是东都洛阳的标志性建筑。

②北朝市：唐代洛阳北部的市集，为东都繁华商业区。

③宛地垂：形容柳条低垂的姿态。

读与思

多少离别恨，天津桥上南北路。天津桥下水，魏王堤上柳，惹过多少游人过客的眼泪。柳，留也。柳枝垂地堪作结，君行我心愁断绝。

二里头，翩飞3600年的白鹭

◎李向阳

初冬时节，夏都斟鄩（zhēn xún）——二里头遗址南面的古洛河河道里，几只翩翩的白鹭在自由地徜徉，悠闲地啄着水中的鱼虾。

它们执着地守护着这片湿地，不肯离去。这是一条古河道，

洛阳洛河两岸风光

不仅是隋唐以前的古洛河河道，更是夏代的古洛河河道。

这翩翩的白鹭，一定见证过二里头夏都二号宫殿宗庙建筑的神圣。这夏商的宗庙建筑，由廊庑、大门、中心殿堂、庭院等组成。宗庙殿堂的土墙上，排着密密麻麻的柱子。从二里头文化二期的夏代开始，到商汤灭夏的二里头文化四期，这座殿堂一直没有衰落。你会体会到，商汤"不移夏社"的明智与"夏商同源"的民族和谐。走进这里，你仿佛看见缭绕着香烟的香火；你仿佛听见庄严的钟鼓之乐、嘤嘤喃喃的祝祷声，在祈求祖先保佑平安。你也会更深地体会到太史公司马迁所谓"昔三代之居，皆在河洛之间"结论的铿锵有力！

这翩翩的白鹭，一定见过在二里头制铜器作坊里挥汗如雨的工匠。他们用河里挖出的胶泥，制作成陶范；用牛皮做成的鼓风机吹着风；在土炉子上，用燃烧着炭火的高温火苗，把铜块化为铜汁，浇筑到陶范里；等铜器冷却定型，再打碎陶范，把两半铜器用熔化的铜汁连接在一起。他们在中国最早的高科技中心——青铜作坊里，制作青铜爵、青铜鼎、青铜戈等青铜礼器，铸成了中华礼乐文化的源头。那"华夏第一鼎"——青铜网纹鼎，可是大禹铸造九鼎的缩影？那青铜鼎里是否盛着祭祖、祭天的"太牢""少牢"肉食，恭敬地奉献给神灵？那高贵的夏王、那神圣的大祭司，可曾举着"小蛮腰"青铜器——"华夏第一王爵"，盛着玉液琼浆，用自己微醺的精神，沟通天地神灵，祈求上天和祖宗的神灵保佑自己的子民——种植风调雨顺、出征战无不胜、子孙万代永享太平？正如《左传》所言："国之大事，在祀与戎。"这青铜礼器，不就是当年祭祀的重要见证吗？

这翩翩的白鹭，一定见过在二里头绿松石作坊里辛勤的工匠。

盛夏时，他们裸露着脊背，认真切割和研磨着绿松石片。在他们灵巧的双手下，"华夏第一龙"绿松石龙缓缓睁开了圆圆的双眼，高高地隆起了玉制的蒜头鼻子，通体闪着晶莹的绿光。它默默告诉我们：这，就是中华民族国家层面上龙图腾的直接源头。

这翩翩的白鹭，一定见过夏都斟鄩精美的玉石作坊。那些拿在国王手上，象征着权柄的玉璋、玉刀，不仅是九千年中华玉文化的传承，更是殷商玉文化、三星堆玉文化的直接源头。

（本文为节选，有删减）

读与思

想象一下，如果你是一只生活在夏都斟鄩的白鹭，你会如何描述你眼中的这座城市？你认为保护洛阳历史遗址有什么意义？

孔子问礼：空前绝后的儒道相遇

◎［西汉］司马迁

孔子适周，将问礼于老子。老子曰："子所言者，其人与骨皆已朽矣，独其言在耳。且君子得其时则驾，不得其时则蓬累而行。吾闻之，良贾深藏若虚，君子盛德，容貌若愚。去子之骄气与多欲，态色与淫志，是皆无益于子之身。吾所以告子，若是而已。"孔子去，谓弟子曰："鸟，吾知其能飞；鱼，吾知其能游；兽，吾知其能走。走者可以为罔，游者可以为纶，飞者可以为矰。至于龙，吾不能知，其乘风云而上天。吾今日见老子，其犹龙邪！"

（选自《史记·老子韩非列传》，题目为编者所加）

✎ 译文

　　孔子去了周地，要向老子请教礼的问题。老子说："你所说的礼，倡导它的人和骨头都已经腐烂了，只有他的言论还在。况且君子生逢其时就驾着车出去做官，生不逢时就像蓬草一样随风飘转。我听说，善于经商的人把货物隐藏起来，好像什么东西也没有，君子具有高尚的品德，容貌看起来却像愚钝的人。去掉您的骄气和过多的欲望，还有情态神色和过分的志向，这些对于您自身都是没有好处的。我能告诉您的，只是这些罢了。"

孔子离去以后，对弟子说："鸟，我知道它能飞；鱼，我知道它会游；兽，我知道它能跑。会跑的可以用网去捕它，会游的可以用丝线去钓它，会飞的可以用箭去射它。至于龙，就不是我所能知道的，它是乘风驾云而飞腾升天的。我今天见到老子，就如同见到龙一样！"

读与思

"孔子入周问礼碑"既是儒家文化的重要碑刻遗迹，更是洛阳作为历史文化名城的重要标识。它对于研究孔子思想、儒家文化以及古代礼仪制度等方面具有重要的历史和文化价值。同时，该碑也是游客了解洛阳历史文化、感受儒家礼乐文化的标志性景观。

老子在回答孔子时，提到了哪些关于君子的行为或品质？你能列举出几项吗？说一说：孔子离开老子后，对老子是如何评价的？

永远的关云长

◎易中天

　　向关羽致敬，是在洛阳关林。洛阳关林是海内外三大关庙之一，清康熙五年后成为与山东曲阜孔林并肩而立的两大圣域。这可是三国人物中后世礼遇最高的，曹操、刘备、孙权和诸葛亮都望尘莫及。

　　康熙皇帝怎么想，可以不去管。民间崇拜关羽，则是因为他义薄云天。实际上，云长公之义，连曹操都是敬重的。陈寿《三国志·关羽传》和裴松之注引《傅子》记载，建安五年，曹操征刘备，关羽兵败被俘，被曹操拜为偏将军，礼遇有加。关羽便对张辽说："吾极知曹公待我厚，然吾受刘将军厚恩，誓以共死，

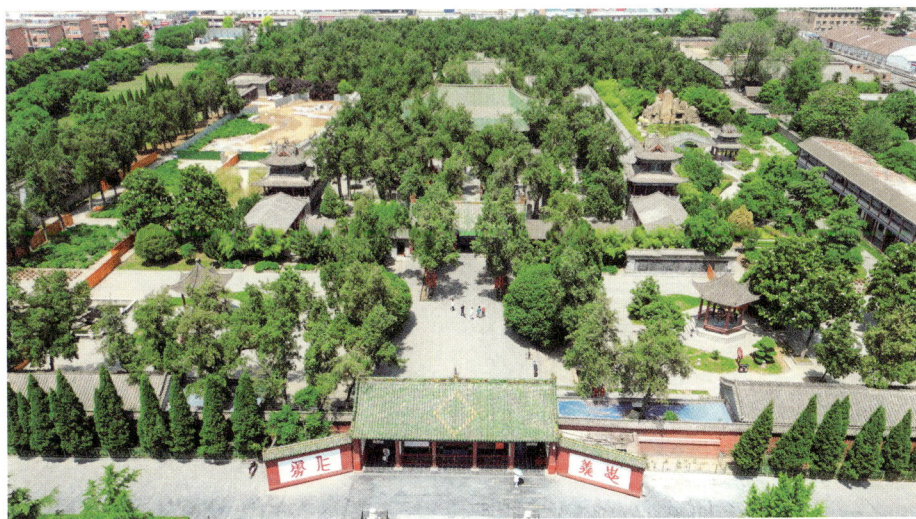

洛阳关林景区

不可背之。吾终不留，吾要当立效以报曹公乃去。"于是，关羽策马刺颜良于万众之中，被封为汉寿亭侯。然后呢，就走了。曹操也不让手下去追，反倒称关羽为天下义士。过五关斩六将？没有的事。义释关羽，才是事实。所以裴松之说，若无王霸之度，岂能如此？这实在体现了曹公的美善。重情重义，则是中华文化的优良传统。这样的历史，也是值得怀念的。当然，受到崇拜的关羽，多半是民间形象。

历史上的关羽，不但可敬，而且可爱，所以我在长篇历史小说《曹操》中，给了他浓墨重彩的一笔，相信读者会看到不一样的关羽。

读与思

　　在古典名著《三国演义》里，罗贯中将关羽塑造成一个忠义仁勇、手持青龙偃月刀的武将形象，高大威猛且武艺不凡。关羽死后，曹操敬重关羽忠义，刻沉香木为躯，以王侯之礼厚葬关羽于洛阳。葬关羽首级之冢称为关林。洛阳关林是我国唯一的冢、庙、林三祀合一的古代建筑群。

诗仙与诗圣的洛阳情

◎闻一多

写到这里，我们该当品三通画角，发三通擂鼓，然后提起笔来蘸饱了金墨，大书而特书。因为我们四千年的历史，除了孔子见老子（假如他们是见过面的），没有比这两人会面更重大、更神圣、更可纪念的。我们再逼近我们的想象，譬如说青天里太阳与月亮走碰了头，那么尘世上不知要焚起多少香案，不知有多少人要望天遥拜。如今李白和杜甫——诗中的两曜，劈面走来了；我们看去，不比天空的异瑞一样神奇，一样有重大的意义吗？

所以假如我们有法子追究，我们定要把两人行踪的线索，如何拐弯抹角，时合时离，如何越走越近，终于两条路线会合交叉了——统统都记录下来。假如关于这件事，我们能发现一些翔实的材料，那该是文学史上多么浪漫的一段掌故！可惜关于李杜初次的邂逅，我们知道的有一成，不知道的有九成。我们知道天宝三载三月，太白得罪了高力士，放出翰林院之后，到过洛阳一次，当时子美也在洛阳。

绘图：武润泽（洛阳市凝碧街小学）

69

两位诗人初次见面，至迟是在这个当儿，至于见面时的情形，在什么时候、什么地方，也许是李邕的筵席上，也许是洛阳城内一家酒店里，也许……但这都是可能范围里的猜想，真确的情形，恐怕是永远的秘密。

（本文为节选，题目为编者所加）

读与思

　　《诗仙与诗圣的洛阳情》讲述了唐代大诗人李白与杜甫在洛阳初次相遇的故事。李白豪放洒脱，杜甫深沉厚重，他们的诗歌风格不同，却共同照亮了盛唐文学的天空。作者闻一多用生动的比喻，将两人的会面比作"太阳与月亮相遇"，强调这次相遇在文学史上的重要性，但是由于历史记载的缺失，这段相遇的细节成了"永远的秘密"。正是这种神秘感，让后人更加珍视这段跨越千年的文学情谊。如果你是李白或杜甫，在洛阳街头偶遇对方，你会说些什么？试着写一段简短的对话，展现两位诗人的性格特点。

邵雍故居游记

◎巴　图

山村咏怀

［宋］邵雍

一去二三里，烟村四五家。

亭台六七座，八九十枝花。

不错，小学课文选的这首诗，寥寥几笔，描绘出一幅春天到来后景色宜人的乡村田园风光图。其作者正是宋代大儒邵雍。

《宋史》记载，邵雍，字尧夫，30岁时来洛阳游学，被洛阳的秀美风光所吸引，始有定居之意。初迁洛阳时，他的生活颇为艰难。他在洛河南岸搭了一个草棚，作为栖身之所。这里每逢下雨，满屋都是水。附近的人都讥笑他，他却满不在乎，仍自称其住所为"安乐窝"。

后来邵雍与寓居洛阳的退职宰相司马光、富弼、吕公著等交往甚密。在司马光等20余人的资助下，邵雍购买了原五代节度使安审琦的故宅30余间。邵雍还在洛河边开辟了一些荒地，收获仅供温饱。虽然生活穷困，但他不以为苦，自号"安乐先生"，亲笔把自己的住所题名为"安乐窝"。他的理想是"不求过美，惟求冬暖夏凉"。他在《尧夫何所有》一诗中写道：

尧夫何所有，一色得天和。

夏住长生洞，冬居安乐窝。

莺花供放适，风月助吟哦。

窃料人间乐，无如我最多。

这首诗表现了他对清静悠闲、乐天知命的隐士生活的满足感。今安乐镇安乐窝村因此而得名。

邵雍是北宋理学的奠基人之一，与周敦颐、张载、程颢、程颐并称"北宋五子"。邵雍创"先天象数之学"，用象数推演方法去解释《周易》关于宇宙万物生成演化。程颢、程颐兄弟称其理学为"内圣外王之学"。邵雍居洛阳40年，潜心治学，著述甚丰，颇有修身养性之术。其主要著作有《皇极经世》《渔樵问对》等。邵雍对《周易》的研究有很深的造诣，故洛阳一带流传着许多他识签算卦、料事如神的传说。

邵雍66岁病逝，被追谥为"康节"，葬于今伊川县平等乡西村荆山下，被世人誉为"圣人""夫子"。

读与思

《邵雍故居游记》讲述了宋代学者邵雍在洛阳的简朴生活。他虽住在漏雨的草棚里，却自得其乐，将住所命名为"安乐窝"，并写下"夏住长生洞，冬居安乐窝"的诗句。他的快乐源于内心的满足，正如他说"境由心造，乐由心生"——只要心态乐观，再简陋的环境也能找到幸福。这篇文章不仅让我们看到古人对学问的执着，也启发我们思考：真正的快乐是否与物质有关？

群文探究

1. 阅读《二里头，翩飞 3600 年的白鹭》，思考：夏代工匠的青铜铸造技术体现了河洛文化怎样的特点？这些技艺与精神对今天的科技或教育有什么启示？

2. 孔子问礼于老子时，老子提到"君子盛德，容貌若愚"。结合《孔子问礼：空前绝后的儒道相遇》与《邵雍故居游记》，请分析两位圣贤的生活态度有何相似之处，并探讨这种生活态度在现代社会的应用价值。

3. 李白与杜甫在洛阳的相遇被称为"太阳与月亮的碰撞"。选择两人各一首诗（如李白的《春夜洛城闻笛》、杜甫的《洛阳》），比较他们的语言风格，并思考：洛阳的山水与历史如何影响了他们的创作？

4. 《永远的关云长》中提到关羽"义薄云天"，而《邵雍故居游记》中的邵雍则"乐由心生"。你认为这两种品质（忠义与乐观）在河洛文化中分别扮演什么角色？试举一个现代生活中的例子，说明这些品质的重要性。

5. 邵雍在漏雨的草棚中自创"安乐窝"。假设你需要设计一个属于自己的"心灵居所"，你会融入哪些河洛文化元素（如青铜纹样、绿松石龙图腾等）？用图画或文字描述，并说明设计理念。

第六章　河洛典故：大道至简的文化传承

一册翻开春秋事，典故长河载智光。

　　洛阳是千年古都，是中华智慧的摇篮，流传着无数故事。伏羲得"河图"创八卦，大禹用"洛书"治水定九州、铸九鼎，孙敬"头悬梁"，苏秦"锥刺股"，杨时"程门立雪"，皆体现了古人的智慧、勇气和坚持。这些典故如珍珠串联中华文明，成为我们共同的文化记忆。

洛 水

◎［宋］张 耒

洛水秋深碧如黛，乱石纵横泻鸣濑。

清明见底不留尘，日射澄沙动玑贝。

南山秋风已萧瑟，倒影上下迷空翠。

何当载酒纵扁舟，一尺鲤鱼寒可鲙。

洛河风光

读与思

翻开历史，洛河两岸曾经柳浪桂香，宫墙高起，楼台林立，尽显帝都风华。如今，洛河两岸水清木秀，高楼耸立。站在洛河岸边，你可以悠闲自在地欣赏秋风中洛水清波荡漾的景色。

河图洛书

河图、洛书，是中国古代流传下来的两幅神秘图案，蕴含了深奥的宇宙星象之理，被誉为"宇宙魔方"，是中华文化、阴阳五行术数之源。

河图、洛书是远古时代人们按照星象排布出的时间、方向和季节的辨别系统。河图1~10数是天地生成数，洛书1~9数是天地变化数。万物有气即有形，有形即有质，有质即有数，有数即有象。气、形、质、数、象五要素用河洛八卦图式来模拟表达，它们之间巧妙组合，融为一体，以建构一个宇宙时空合一、万物生成演化的运行模式。

相传，上古时期，洛阳东北孟津县境内的黄河中浮出龙马，背负"河图"，献给伏羲。伏羲依此演成的八卦，后成为《周易》的来源。位于孟津老城西北的龙马负图寺，据说就是当年龙马负图的地方。

又相传，洛阳西洛宁县洛河中浮出神龟，背驮"洛书"，献给大禹。大禹依此治水成功，遂划天下为九州。又依此定九章大法，治理社会，流传下来收入《尚书》中，名《洪范》。洛宁

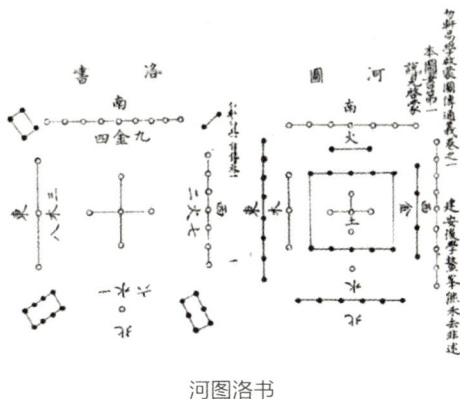

河图洛书

县的长水乡立有两通"洛出书处"古碑，相传是当年"神龟负书"的地方。

河图本是星图，其用为地理，故在天为象，在地成形也。在天为象乃三垣二十八宿，在地成形则青龙、白虎、朱雀、玄武。河图之象、之数、之理，至简至易，又深邃无穷。河图上排列成数阵的黑点和白点，蕴藏着无穷的奥秘。

"洛书"其实就是"脉络图"，是表述天地空间变化脉络的图案。洛书的内容表达实际上是空间的，包括整个水平空间、二维空间，以及东、西、南、北这四个方向。洛书上，纵、横、斜三条线上的三个数字，其和皆等于15。

河图、洛书是中华文化、阴阳五行术数之源。河图、洛书最有名的出处是《易传·系辞》中的"河出图，洛出书，圣人则之"这句话。后世据此认为八卦就是根据这两幅图推演而来的。第一次给这两幅图命名的是北宋易学家刘牧。他精研陈抟所传《龙图易》，著书《易数钩隐图》，河图、洛书才为世人所知。

读与思

作为中华文明之源的河图、洛书，发祥于河洛大地，是河洛文化的第一张名片。河图和洛书是怎么来的？你能用文中的话描述吗？如果你带领游客参观龙马负图寺或"洛出书处"古碑，你会如何介绍河图、洛书的故事？

问鼎中原

　　传说历史上著名的治水人物大禹，在洛阳洛宁县境内的洛河中得到神龟背驮的"洛书"，依此劈开三门（神门、人门、鬼门），疏龙门（山西河津市与陕西韩城市之间黄河龙门，即"鱼跃龙门"出处）之水东流入海。由于治水成功，大禹受舜禅让建立了夏朝，遂划天下为九州，接着又搜集九州之铜铸造了九个大鼎，由三件圆鼎、六件方鼎组成。鼎身上刻有九州山川名胜，象征全国统一和王权的高度集中。禹传位于其子启，开创了中国第一个"家天

绘图：张歆珅（洛阳市凝碧街小学）

下"的王朝。而这九鼎也被当作国之重器。拥有九鼎，就相当于拥有九州，坐拥天下。后人将争夺政权称为"问鼎"，将建立政权称为"定鼎"。

再后来，商部落的首领商汤在鸣条之战中，打败了腐朽的夏朝，建立了第二个"家天下"的商王朝。九鼎被商朝作为国之重器，供于庙堂之上。

周武王在洛阳孟津会盟举兵讨伐，灭了商朝。灭商后，周武王的第一件事就是准备把九鼎搬运到周朝的国都镐京（今陕西西安市，称宗周）。谁知那九尊大鼎个个像小铁山，既难搬又难运。武王组织了大批人马，传说一尊鼎就动用了八九万人，花了几个月的工夫，才拉到洛阳。当他们准备再向西拉时，不管用什么办法，大鼎像生了根似的，定在那里巍然不动。武王闻知此事，感叹地说："九鼎是镇国之宝，它们到了洛阳不往西走，定有缘故。夏朝国都曾在洛阳，洛阳又位于天下之中，上天莫不是要我把国都迁到洛阳不成？如果是这样，就把九鼎安放在洛阳吧。"

就这样，象征着皇权的九鼎被安放于洛阳。

周武王在世时，就安排西周宗室、大臣、他的弟弟召（shào）公姬奭（shì）到洛阳考察地形并选址营建成周（洛阳）。姬奭考察完地形后，周武王的弟弟周公旦又去考察并占卜，认为可以营建洛阳。周武王没有看到洛阳建成就去世了。成王年少，周公摄政。周公摄政的第五年甲子这一天，开始动工建设洛阳。周成王在周公旦的辅佐下建成了洛阳，在太庙里建成了一座宏伟壮丽的大殿。周成王选择良辰吉日，召集文武百官、四方诸侯，举行了隆重的定鼎大典，表示周朝已完成了灭商的大业，取得了天下。

洛阳的建都，开两京制先河，以陕州立柱为界，召公治理陕州以西，周公治理陕州以东，称为"分陕而治"，成就了中国有记载的第一个盛世"成康之治"。

后来，人们为了纪念周公旦辅佐周成王"定鼎洛阳"的功劳，兴建了一座金碧辉煌的周公庙。周公庙里的大殿被叫作"定鼎堂"。至今，周公庙仍坐落在洛阳老城的西关外，供人们游览凭吊。周公庙前的道路则取名为定鼎路。

读与思

　　《问鼎中原》讲述了大禹治水得"洛书"，铸造九鼎统一九州，以及周朝迁鼎洛阳的故事。大禹用神龟背上的"洛书"治水成功，建立夏朝后，铸造了九鼎象征王权。周武王伐商后，九鼎成为"国之重器"。周武王本想将九鼎运往镐京，但九鼎在洛阳"生了根"，他最终决定定都洛阳。周公旦辅佐成王建成洛阳，并举行"定鼎大典"，开创周朝盛世。文章用"九尊大鼎个个像小铁山"等生动比喻，将神话与历史巧妙结合，既展现了古人"天命所归"的智慧，又解释了"问鼎""定鼎"等成语的由来。洛阳的周公庙与定鼎路至今留存，让我们能触摸这段历史。

悬梁刺股

孙敬是东汉时期有名的政治家。他到洛阳求学，每天从早到晚勤奋读书，常常废寝忘食。但到了晚上，读书时间长了，他会疲倦得直打瞌睡。这时，他便找来一根绳子，将一头绑在房梁上，另一头系在自己的头发上。当他读书打瞌睡时，头一低，绳子就会扯住头发，把头皮弄疼，他自然就不瞌睡了，打起精神继续读书。从此，每天晚上读书时，孙敬就用这种方法。

孙敬日复一日、年复一年地刻苦学习，终于饱读诗书、博学多才，成为一名大学问家。这就是孙敬"头悬梁"的故事。

苏秦是战国时期著名的纵横家，是东周洛阳乘轩里（今河南洛阳李楼乡太平庄）人。苏秦年少时就胸怀大志，跟随鬼谷子学习多年。为了求取功名，他变卖家产，去秦国游说秦惠王，欲以纵横之术逐渐统一中国，可惜他的主张未被秦惠王采纳。

苏秦在秦国待了一段时间，把所带的盘缠花光了，衣衫褴褛、穷困潦倒地回到家中。亲人见他落魄到如此地步，都对他十分冷淡。父母骂他，妻子不理他。苏秦羞愧难当，下决心用功读书，不分昼夜地苦读起来。

苏秦准备了一把锥子，如果在读书时打瞌睡，便拿锥子往自己的大腿上刺，强迫自己清醒过来，继续专心读书。他这样坚持了一年，终于学有所成。他再次周游列国。这次他终于说服齐、楚、燕、韩、赵、魏"合纵"抗秦，并佩戴六国相印。苏秦游说六国，联合抗秦，使秦王不敢窥函谷关达十五年之久。这就是苏秦"锥刺股"的故事。

后来，人们从孙敬和苏秦刻苦学习的故事中，引申出了"悬梁刺股"这个成语，用来比喻发奋读书、刻苦学习的精神。

读与思

《悬梁刺股》讲述了东汉孙敬和战国苏秦刻苦读书的故事。两人虽身处不同时代，但都以超乎常人的毅力坚持学习，最终孙敬成为大学问家，苏秦促成六国联合抗秦，留下"悬梁刺股"的成语。文章用绳子"扯住头发""拿锥子往自己的大腿上刺"等细节，生动展现了古人追求学问的决心。

程门立雪

　　远在北宋时期，福建将乐县有个叫杨时的进士，特别喜好钻研学问，到处寻师访友，曾在洛阳著名学者程颢门下就学。程颢去世前，又将杨时推荐到其弟程颐门下。杨时便在洛阳伊川所建的伊川书院中求学。

　　杨时那时已四十多岁，学问也相当高，但他仍谦虚谨慎，不骄不躁，尊师敬友，深得程颐的喜爱，被程颐视为得意门生。

　　一天，杨时同一起学习的游酢向程颐请求教老师正在屋中打

绘图：武润泽（洛阳市凝碧街小学）

眯儿。杨时便劝告游酢不要惊醒老师，于是两人静立在门口，等老师醒来。一会儿，天空飘起了鹅毛大雪，雪越下越急，杨时和游酢却还立在雪中。游酢实在冻得受不了，几次想叫醒程颐，都被杨时阻止了。直到程颐一觉醒来，才发现门外的两个"雪人"。程颐深受感动，更加尽心尽力地教导杨时。杨时不负众望，终于学到了老师的全部学问。

之后，杨时回到南方传播程氏理学，且形成独家学派。后人便使用"程门立雪"这个典故来赞扬那些尊师重道的学子。

读与思

程门立雪，"立"的是谦虚、坚毅，更是勤奋与执着。杨时尊师重道、不骄不躁，是我们学习的榜样。像这样刻苦上进、勤奋求学的故事还有很多，如"囊萤映雪""韦编三绝""牛角挂书"等。请你找一找相关的故事，读一读吧。

群文探究

1. 典故中的"坚持"密码

对比《悬梁刺股》和《程门立雪》，孙敬、苏秦、杨时三人的坚持方式有何不同？他们的故事共同体现了河洛文化中的哪些精神品质？试着用表格列出三人的"坚持秘籍"，并为自己设计一条"学习座右铭"。

2. 九鼎 VS 河图洛书：符号中的智慧

《问鼎中原》中的九鼎象征王权，《河图洛书》暗藏宇宙规律。两者都是河洛文化的标志，但功能不同。请用图文结合的方式，制作一份"古代符号说明书"，对比它们的象征意义，并设计一个现代版"九鼎"（如班级公约鼎）或"河图洛书"（如校园地图密码）。

3. 成语新编小剧场

从"问鼎中原""悬梁刺股""程门立雪"中任选一个成语，改编成校园生活小短剧（如《教室里的"悬梁"计划》）。要求加入现代元素（如用闹钟代替锥子），并说明改编思路与传统文化的关系。

第七章　河洛诗词：流转千年的诗意时光

河洛韵起千重浪，诗舟轻棹载星河。

　　洛阳，不仅是千年古都，更是诗歌的摇篮。春风吹过洛城，李白听见了折柳的乡愁；秋雨洒落伊水，张籍写下家书的万重心事。刘禹锡归乡时感慨"故人今转稀"，秦观怀古时怅望"暗随流水到天涯"。就连河畔的雎鸠、街巷的牡丹，也成了诗中的常客，诉说着洛阳的千年风雅。

扫码立领
★ 名师朗读
★ 美文微课
★ 城市印象
★ 老城记忆

关 雎

关关雎鸠，在河之洲。窈窕淑女，君子好逑。

参差荇菜，左右流之。窈窕淑女，寤寐求之。

求之不得，寤寐思服。悠哉悠哉，辗转反侧。

参差荇菜，左右采之。窈窕淑女，琴瑟友之。

参差荇菜，左右芼之。窈窕淑女，钟鼓乐之。

译文

关关和鸣的雎鸠，栖息在河中的小洲。贤良美好的女子，是君子好的配偶。

参差不齐的荇菜，时而向左、时而向右去摘取。贤良美好的女子，日日夜夜都想追求她。

追求却没法得到，日日夜夜总思念她。绵绵不断的思念，叫人翻来覆去难入睡。

参差不齐的荇菜，在船的左右两边摘取。贤良美好的女子，弹琴鼓瑟来亲近她。

参差不齐的荇菜，在船的左右两边去挑选它。贤良美好的女子，用钟鼓奏乐来使她快乐。

读与思

《关雎》是《诗经》之首篇，它也是古代洛阳的一首民歌。雎鸠，中国特产的珍稀鸟类。

春夜洛城闻笛

◎[唐]李 白

谁家玉笛暗飞声①，散入春风满洛城②。
此夜曲中闻折柳③，何人不起故园情。

注释

①暗飞声：声音不知从何处传来。
②洛城：洛阳。
③折柳：《折杨柳》笛曲，乐府"鼓角横吹曲"调名，内容多写离别情绪。
曲中表达了送别时的哀怨之情。

读与思

　　一千多年前的洛阳春夜，李白正独自饮酒赏月，忽然一缕玉笛声乘着春风飘来，像看不见的丝线，把整座城池都缠进了思乡的愁绪里。原来笛子吹的是《折杨柳》——古人送别时总要折柳枝相赠，因为"柳"与"留"谐音，藏着千言万语的牵挂。采访一下长辈，他们小时候想家时会用什么方式传递思念？思考一下，如果用一种声音表达思乡，你会选择什么呢？

秋 游

◎［唐］白居易

下马闲行伊水头①，凉风清景胜②春游。

何事③古今诗句里，不多说着洛阳秋？

注释

①伊水头：指洛阳伊水河畔。"头"为方言词缀，如"河头""岸头"。

②胜：作动词用，意为"超过"。

③何事：文言疑问词，相当于"为何"。

读与思

　　一千多年前，白居易任洛阳守官时，于伊水河畔驻马漫游，发现秋大的河水澄澈，倒映着斑斓的叶影，天高云淡间有着一种独特的韵味，于是执笔写下洛阳秋色，以"何事""不多说"的追问，打破历代诗人偏爱赞美春天的思维定势。你眼中的秋天是什么样的呢，试着用"何事 ＿＿＿＿＿＿，不多说 ＿＿＿＿＿＿"的句式，夸夸自己家乡的四季。

秋　思

◎［唐］张　籍

洛阳城里见秋风，欲作家①书意万重②。
复恐③匆匆说不尽，行人④临发又开封。

📌 **注释**

①家：一作"归"。
②意万重：形容思绪万千。
③复恐：又恐怕。
④行人：送信的人。

读与思

张籍原籍吴郡，客居东都，秋风掠过洛阳城，诗人的思乡情被轻轻掀起。他提笔欲写家书，然而，一纸家书怎道得尽千言万语？这份纠结，竟与五百年前西晋张翰"莼鲈之思"的情怀悄然相通。两位张姓诗人跨越时空，在洛阳秋风中写下相似的乡愁。张翰的"莼鲈之思"是什么故事呢？请你查一查，与同学分享这个成语背后的思乡情。试着把诗人"写信、封信、拆信"的过程编成小短剧，与小伙伴合作演一演，体会那份欲说还休的牵挂。

醉答乐天

◎ ［唐］刘禹锡

洛城①洛城何日归，故人故人今转稀②。

莫嗟雪里暂时别，终拟③云间相逐飞。

注释

①洛城：指洛阳城，是诗人魂牵梦萦的故乡。

②转稀：形容老朋友像秋天的树叶，一片片飘落，越来越少。

③拟：打算。

读与思

　　《醉答乐天》是刘禹锡和白居易交流人生感悟的诗作。刘禹锡，洛阳才子，年轻时在江南成长，中年因永贞革新被贬朗州23年，宝历二年（826）返回洛阳。这首诗不仅记录了两位诗人的友谊，也教会我们用诗意的眼光看待人生。

洛阳女儿行（节选）

◎［唐］王　维

洛阳女儿对门居，才可颜容十五余。

良人①玉勒乘②骢马③，侍女金盘脍鲤鱼④。

画阁朱楼尽相望，红桃绿柳垂檐向。

罗帷送上七香车，宝扇迎归九华帐。

注释

①良人：古代妻子对丈夫的称呼。

②玉勒：用玉石装饰的马嚼子，象征身份高贵。

③骢马：毛色青白相间的骏马，唐代名马，凸显主人地位。

④脍鲤鱼："脍"指切细的鱼肉。唐代流行将鲜鱼切片生食，体现饮食奢华。

读与思

　　洛阳是唐代的东都。这里生活着很多达官贵人。王维写此诗时仅16岁，借描绘洛阳贵族少女的奢侈生活，暗讽当时权贵的浮华之风。诗中"红桃绿柳垂檐向"，不仅展现了色彩明丽的画面感，更以自然景物反衬了贵族生活的空虚。试着观察身边的环境，用像"红桃绿柳"这样的色彩对比，写一句描写热闹场景的诗吧！

望海潮·洛阳怀古

◎ [宋]秦 观

梅英①疏淡，冰澌②溶泄③，东风暗换年华。金谷俊游，铜驼巷陌，新晴细履平沙。长记误随车。正絮翻蝶舞，芳思④交加。柳下桃蹊⑤，乱分春色到人家。　　西园⑥夜饮鸣笳⑦。有华灯碍月，飞盖⑧妨花。兰苑⑨未空，行人渐老，重来是事堪嗟。烟暝⑩酒旗斜。但倚楼极目，时见栖鸦。无奈归心，暗随流水到天涯。

注释

①梅英：梅花。
②冰澌（sī）：冰块流融。
③溶泄：溶解流泄。
④芳思：春天引起的情思。

⑤桃蹊：桃树下的小路。

⑥西园：即金谷园。

⑦筋：胡笳，古代西北少数民族的一种管乐器。

⑧飞盖：飞驰的车辆上的伞盖。

⑨兰苑：美丽的园林，亦指西园。

⑩烟暝：烟霭弥漫的黄昏。

译文

　　梅花稀疏，色彩轻淡，冰雪正在消融，春风吹拂，暗暗换了年华。想昔日金谷胜游的园景，铜驼街巷的繁华，趁新晴漫步在雨后平沙。总记得曾误追了人家香车，柳絮翻飞、蝴蝶翩舞，引得春思缭乱交加。柳荫下桃花小径，乱纷纷将春色送到万户千家。

　　西园夜里宴饮，乐工们吹奏起胡笳。缤纷高挂的华灯遮掩了月色，飞驰的车盖碰损了繁花。花园之花尚未凋残，游子却渐生霜发，重来旧地，事事感慨吁嗟。暮霭里一面酒旗斜挂。空倚楼纵目远眺，时而看见栖树归鸦。见此情景，我的归隐之心油然而生，神思已暗自随着流水奔到天涯。

读与思

　　《望海潮·洛阳怀古》是宋代词人秦观的一首怀古词。北宋时期，洛阳曾是文人雅士聚集之地，但随着政治中心的转移，逐渐衰落。秦观途经洛阳时，触景生情，借春景抒怀，既是对古都的致敬，也是对自己仕途坎坷的隐喻，将个人漂泊的无奈与历史兴衰的沧桑融为一体。

群文探究

1. 对比李白的《春夜洛城闻笛》与张籍的《秋思》，两位诗人都因洛阳的"风"触发情感——李白因春风笛声思乡，张籍因秋风家书难寄。你觉得季节是如何影响诗人的情感的？试着用颜色或符号为两首诗各设计一个"季节标签"，并写一首四行小诗，描绘你心中洛阳的夏天或冬天。

2. 白居易笔下的"伊水"，秦观词中的"金谷园""铜驼巷"，都是洛阳的历史地标。选择其中一处，查阅资料，用简笔画和50字说明它的故事。如果让你为现代洛阳城设计一个"诗意地标"，你会选择哪一处？你会如何命名并赋予它新时代的象征意义呢？

第八章 河洛美食：荡漾舌尖的烟火记忆

人间至味烹香暖，舌尖烟火醉河州。

　　尝一口洛阳的美食，就像打开一幅活色生香的历史画卷。从女皇武则天发明的燕菜，到百姓家灶台飘香的浆面条；从瀍河河畔"铜驼暮雨"中的炊烟袅袅，到街头巷尾热气腾腾的丸子汤……千百年来，河洛大地的烟火从未熄灭。它用酸甜苦辣，写就了最动人的舌尖史诗。

扫码立领
★ 名师朗读
★ 美文微课
★ 城市印象
★ 老城记忆

牡丹燕菜

◎贾国勇

　　选一个白白胖胖的大萝卜，切成细丝，拌上绿豆粉芡后轻轻地揉搓，才可以放进蒸笼。加热是一种非常奇妙的过程，无论是什么样的食材，都能通过加热产生出人意料的效果。在蒸笼中，绿豆粉芡和萝卜丝充分地融合，深入骨髓，密不可分。绿豆的香、萝卜的脆糅合在一起，改变了食材原来的质地和味道。这个过程是惊天动地的，更是翻天覆地的。当年，孙悟空在太上老君的八卦炉中，经过了七七四十九天的历练，终成正果。萝卜丝在蒸笼中的历练，同样成就了燕菜这道人世间至美至味的菜肴。

　　因为拌了绿豆粉芡，蒸好的萝卜丝是粘连在一起的，要放进凉水中慢慢地拨散。从凉水中捞出时，萝卜丝根根分离，透明似亮，如同烹饪大家调制成的燕窝丝，入口筋道。此时，就可以把蟹柳、海参、火腿、笋丝等物放进蒸碗碗底了，上面摆放炮制好的萝卜丝，还有味精、胡椒粉等调料。再次蒸时，萝卜丝和蟹柳、海参、火腿、笋丝等物再一次融合，越来越接近燕窝的味道了，口感更是几可乱真。10分钟后，把蒸碗从蒸笼中拿出，反扣在菜盘中，原来压在蒸碗碗底的蟹柳、海参、火腿、笋丝等食材就居于菜品上方。浇进热热的荤汤，盘中之物皆如睡醒了一般，在汤中慢慢地舒展开了身子，淋之以香醋、香油后，再摆放上一朵可以食用的牡丹花，一盘牡丹燕菜就隆重登场了。此时，牡丹燕菜香气扑鼻，嗅一下就陶醉三分，吃进口中，爽滑筋道，丝丝入口，燕窝亦不能比了。

牡丹燕菜是由洛阳燕菜演变而来的。洛阳燕菜的发明者是唐代的女皇帝武则天，主要食材就是洛阳东关的大白萝卜。古时城郭按东、西、南、北四个方向设置四关，称之为东关、西关、南关、北关，以方向命名，没有具体的经纬点。所以，位于洛阳之东的下园菜地以及白马寺南的佃庄镇，都说自家种植的大白萝卜才是烹饪燕菜的最佳食材。前些年，我到佃庄镇为外甥提亲，外甥媳妇对我说，佃庄镇紧邻洛河，河滩沙地种植的大白萝卜皮绿瓤白，肉厚水多。生吃清脆，熟吃馨香，有"消谷、祛痰、健人"的功效。俗话说，天下美味帝王家。由此看来，武则天选此处种植的大白萝卜做燕菜的食材，还是有一定道理的。

洛阳燕菜演变为牡丹燕菜，和周恩来总理有关。据说，1973年10月，周恩来总理在洛阳招待加拿大总理特鲁多时，看到燕菜上面摆放着鸡蛋皮做成的牡丹花，就风趣地说："洛阳牡丹甲天下，菜中也能生出牡丹花来。"自此，洛阳燕菜就被称为"牡丹燕菜"了！

读与思

　　水席是洛阳一带的特色传统名宴，与龙门石窟、洛阳牡丹并称"洛阳三绝"。而作为洛阳水席之头菜——燕菜，始创于唐朝，流传千年，也惊艳了千年。1973年周总理的妙语，让这道菜有了"牡丹燕菜"的美名。这道洛阳名菜，用最普通的萝卜做出了不普通的味道。经过蒸制、冷却、再蒸制的过程，萝卜丝变得晶莹剔透，配上各种食材，最后浇上热汤，放上牡丹花，就像变魔术一样神奇。一道菜不仅展现了洛阳人的智慧，更让我们看到普通食材也能做出不平凡的美味。

洛阳小吃

◎李 准

爱爱和雁雁去车站那个煤厂赊了一车煤推回来，叫长松给她们盘了个灶，又去拾了些霜桑叶，买了十几个黑瓷碗，茶摊就摆起来了。

茶摊摆起来后，果然生意不错，一天总能卖一两块钱，有时候还多一些。卖了一段时间茶，两个姑娘胆大起来，她们又要卖绿豆面丸子汤。老清婶说："那不是说着玩的，卖饭得下本钱，就这样卖个茶算了。"爱爱说："妈，我们都合计了，不要多少本钱。锅、灶都现成哩，再添些碗筷。绿豆面街上能秤，萝卜菜市上有卖的。就是油，我们打听了，米家沟有个油坊，卖的菜籽油，就是贵一点。管他贵不贵，咱一天能用多少油？"老清婶说："和你长松哥商量商量再说。"

晚上，老清婶到长松的窑洞里来。她把爱爱、雁雁想摆绿豆面丸子汤的事儿说了说。长松想了想说："也行。反正在咱家门口，你也好照顾。香油的事儿，我给你们想办法。我这些天给一家山货行挖防空洞，他们那里有成篓的香油，我说说先赊几斤。"

第二天，长松从街上提回来五斤香油，爱爱和雁雁两人高兴得半夜还没睡着觉。她们商量着怎样放锅、怎样放碗、怎样放案板，连放酱油、醋和辣椒的家伙都想好了。第二天一早，两人就和面炸起丸子来。

丸子汤锅摆出来以后，跑警报的人都来光顾了。他们有的人带着干馒头出来，有的人带着烙饼出来，能喝上一碗丸子汤，中午这顿饭就算很满意地解决了。再加上爱爱和雁雁爱干净，碗筷洗得清清爽爽，丸子汤里再放一些葱花、香菜、辣椒油。虽然是最普通的饭食，在这荒岭野沟里，却散发着一股新鲜的香味。

卖丸子汤要比卖茶赚钱多得多，只半月光景，还清油账煤账，就赚了一袋面粉和五六斤香油。老清婶这时也有精神了，夜里炸丸子，起五更带着两个闺女去一里多地以外的沟里抬水。

虽然累得腰酸腿疼，总算顾住了嘴。爱爱和雁雁两个穿的衣服也干净了。

（节选自《黄河东流去》）

读与思

洛阳四面环山，地处盆地，雨量少，故民间常饮用汤类，来抵御气候干燥和寒冷。喝汤是洛阳人的一种生活方式。洛阳的大街小巷遍布着无数的汤馆，其中就有丸子汤馆。

一碗热腾腾的丸子汤，不仅温暖了跑警报的人们，也让我们看到了洛阳人勤劳坚韧的品质。

故乡那碗浆面条

◎赵 乐

"此物望远始汉朝，芹菜大豆面上漂。细软无留沿喉下，酸浆扑鼻寒意消。"这几句顺口溜说的就是浆面条，洛阳人管它叫浆饭，或是酸浆糊涂面。这款吃食的强力卖点是煮面条的水不是日常饮用水，而是一种酸味粉浆。

有人说，浆面条的灵魂就在于那一锅浆水。没错，这个浆水是用挑拣过的上乘绿豆或豌豆、黑豆做原料，浸泡膨胀后磨成粗浆，随之把粗浆用箩筛过滤成浆水，放在大瓷缸里经一天自然发酵，看上去色泽白中泛青，等闻到有股酸酸的腐臭味道，那就发酵成了，便可舀来煮面条了。这个浆类似于北京人所说的"豆汁儿"的东西，喝起来味道又臭又酸，可一旦喝上瘾，就有其味无穷之叹。不过，洛阳的"豆汁儿"是代替水用来煮面条的，一般不会拿来直接饮用。

浆面条以浆成名，浆的质量极其重要。浆分老浆和新浆两种，以绿豆浆为最佳。前一天做的，味酸浓一点，称之为老浆；当天做的，味不太酸，叫作新浆。

曾经穿梭在大街小巷的卖浆吆喝声，如同一支撩动心弦的交响曲，唤醒了我们对洛阳浆面条清晰的记忆。

浆面条怎么才算地道？其实，面条本身无味，全凭调配得鲜。

昨个儿到今个儿，有些老洛阳人家做浆面条相当讲究，即便只吃一碗面，也要有态度。

早上，把绿豆发酵的浆买回来，而且是老浆和新浆各一半。半晌，用兑了浆的清水和面，面团揉好需醒一刻钟，擀出来的面条要厚薄均匀，切出如韭菜叶一般宽窄的面条。芹菜是浆面条的必备菜，把芹菜叶子单独取下来留着下锅，芹菜茎切成小丁，再把胡萝卜切成丝，韭菜切成段，大葱切碎备用。别忘了，提前半天泡好花生米和绿豆，泡好之后单独加盐加大料煮熟，也可用黄豆代替绿豆。

配备时令小菜也是一个很重要的环节，行话叫"四碟五小碗"，不是说碟子碗加起来九个，而是指可吃的小菜品种之多、之丰富。春季要吃豆芽菜、青油菜、嫩菠菜和香椿芽儿；初夏配新蒜、黄瓜丝、韭菜段和长豆角；秋天是胡萝卜丝、扁豆条和青辣子；冬天要吃萝卜丝、土豆丝、糖蒜，还有焯过的酸辣白菜心。记住了，小菜里必须有韭花酱、辣椒油、芝麻盐儿、芹菜丁、大绿豆。现在，炒熟的猪肉丝、牛肉丝，以及卤水卤菜也成了浆面条的下饭菜。

"生浆刷锅，香油杀沫，不等锅开，面条下锅。"一切就绪之后，用少量浆水把凉锅刷一下，这样可除去杂味又避免面条粘锅。把粉浆倒入锅内，加入适量清水，开火升温，浆水的表层泛起一层白沫，此刻，要滴入一点香油，用勺子轻轻搅动，浆沫会逐渐消失，浆体就变得光滑细腻。而后，等浆水稍微沸腾，即可下入面条，滚上两滚后，再放入熬制、腌制好的秘制油、芹菜叶、韭菜和红萝卜丝，加入精盐、味精、小磨香油，一锅热腾腾的粉浆面条便大功告成了。

酸浆与面相遇，其实是一种原生态的保鲜剂。坊间曾有"浆面条热三遍，给碗肉片都不换"的说法。因此，吃不完的浆面条能隔天热了再吃，不会变质，味道更可口。

浆面条"不欺穷，不仇富"，普通百姓有自己的做法，富户人家也有自家的做法，吃法上可简可繁，丰俭由人。

可以说，这碗面条最平民也最奢华，最能代表老洛阳人骨子里的味儿。

（本文有删减）

读与思

《故乡那碗浆面条》通过一碗看似普通的地方小吃，让人感受到浓浓的乡情和记忆的味道。从选豆、发浆，到切菜、面条下锅，每一道工序都透着老洛阳人对生活的认真和讲究。酸浆的味道虽然独特，但它带来的却是熟悉、温暖和安心。无论贫富，谁都可以根据自己的条件吃上一碗浆面条。这种平实又包容的味道，是很多洛阳人心中抹不去的乡愁。

群文探究

1. 阅读《牡丹燕菜》和《洛阳小吃》两篇文章，前者展现了皇家御宴的精致讲究，后者呈现了百姓烟火的朴实温暖。请比较两者在食材、工艺、文化意蕴等方面的异同，思考：这些差异背后反映出怎样的社会结构和生活理念？你认为"美食"在连接不同阶层文化上起到了什么作用？

2.《故乡那碗浆面条》讲述了一碗平凡面条背后的乡愁与讲究，《洛阳小吃》则记录了两位姑娘在艰难生活中靠智慧与勤劳经营汤摊的故事。请结合两文内容，探究洛阳美食中所体现的"河洛精神"（如节俭、包容、勤劳、讲究），并举出你生活中的一个实例。

研学活动：帝都千年

研学主题一：寻根河洛——触摸古都的文化基因

方案名称：寻根河洛·触摸文明的基因密码

关键词：文明起源 礼乐制度 文化传承 古今对话

一、研学目标

1.通过实地考察与互动学习，全面掌握洛阳的历史脉络、文化精髓、名胜古迹及美食传统。

2.运用观察记录、小组讨论等方法，提升学生的观察力、思考力及团队协作能力。

3.增强学生对洛阳文化的认同感，激发其传承与弘扬中华优秀传统文化的热情与责任感。

二、研学对象

小学四至六年级学生

三、研学时长

2天1夜

四、研学内容

第一天：河洛文明的追溯

上午：探秘千年帝都

地点：二里头夏都遗址博物馆、汉魏故城遗址。

内容：穿越历史长廊，体验周朝礼乐、汉魏风云，深度解析洛阳的历史地位与变迁。利用 AR 技术，让学生"穿越"回古代，体验不同朝代的生活场景，并设置历史问答游戏，加深学生对历史知识的理解。

午餐：品味洛阳小吃（如羊肉汤），了解其背后的文化故事。

下午：传承河洛薪火

地点：白马寺、孔子入周问礼碑、洛阳老街。

内容：了解河洛文化的起源与发展，探讨儒家文化对洛阳乃至中国的影响。组织"小小考古家"活动，让学生模拟考古挖掘，体验考古的乐趣。

晚餐：逛老街，品尝洛阳水席，如牡丹燕菜、连汤肉片等，了解洛阳美食的历史与故事。

晚上：梦回盛唐

地点：洛邑古城、应天门、九州池。

活动：身着汉服，漫步古城，沉浸式体验盛唐洛阳的繁华夜景。

第二天：文化的传承与创新

上午：古迹中追寻神都洛阳

地点：洛阳博物馆、天子驾六博物馆、洛阳古代艺术博物馆。

内容：阅读并讨论相关文学作品，感受名家对洛阳的深情厚谊。举办"小小朗读者"活动，朗读自己最喜欢的关于洛阳的段落，并分享感受。

午餐：品尝洛阳特色面食，如浆面条、糊涂面，了解面食文化的深厚底蕴。

下午：古今交融的画卷

地点：龙门石窟、白园、伊河、西工小街。

内容：探访古迹，领略石窟文化与历史传奇，进行"从古迹到现代的传承与创新"探究。在龙门石窟前开展"小小画家"活动，描绘卢舍那大佛的壮丽、伊河的秀美。

晚餐：西工小街品尝洛阳美食，参观小街风情，感受现代都市风情。

五、评价方式

过程评价：观察学生在活动中的参与度、合作情况和任务完成情况等。

成果展示：学生提交的群文探究作业、活动照片、视频记录等。

自我评价与同伴评价：通过分享会上的相互评价，促进学生自我反思与成长。

六、注意事项

安全第一：确保活动全程的安全措施到位，包括交通安全、饮食安全等。

文化尊重：教育学生尊重洛阳的文化遗产与风俗习惯，做到文明研学。

环保意识：培养学生的环保意识，保护古迹环境。

七、后续活动建议

组织"洛阳文化小使者"活动，让学生将研学成果带回学校或社区进行展示与分享。

鼓励学生撰写关于洛阳的研学日记或文章，投稿至学校校刊或地方媒体。

研学主题二：穿越千年古都——洛阳的历史演进

方案名称：帝都千年行·看见古城的前世今生

关键词：王朝更替 古都布局 历史演变 时空穿越

一、研学目标

1.历史认知：了解洛阳从夏朝、东周到隋唐各朝的历史变迁与城市格局演化，明确其在中华文明中的地位。

2.跨学科能力：通过实地考察、文献阅读、图文整理等形式，提升学生的观察、比较、归纳能力。

3.文化认同：增强对中华文明"源起洛阳"的认同感与文化自信，理解"十三朝古都"的文化沉淀。

4.创新表达：鼓励学生用"导图＋讲述""复原模型"等多元形式呈现对古都历史的理解。

二、研学对象

小学四至六年级学生

三、研学时长

2天1夜

四、行程安排与活动设计

第一天：探寻古城脉络，穿越帝都千年

上午：二里头夏都遗址博物馆

参观华夏早期都城形态，了解夏朝都城"斜街式"布局与中轴线起源。体验"时空穿越剧"：扮演周公、武王，测日影建城。

研学任务：绘制《天下之中·周人择都图解》。

上午：**周王城遗址**

学习周公营建王城历史（结合文章《风雨周王城》），寻找"鼎门""土圭""天子驾六"相关遗址痕迹。

活动：在土圭测影仪仿真体验中学习古人选址的智慧。

小组任务：制作王城"理想复原图"手绘卡片。

午餐：洛阳特色简餐。

下午：**汉魏故城遗址公园**

参观"东汉太学"遗址及北魏棋盘式坊巷格局复原。

参观"汉代文明巨匠"展：张衡地动仪、许慎说文。

游戏："穿越汉代"互动问答挑战赛。

任务：角色扮演——我是东汉太学生，写给现代学生的一封信。

晚餐：洛阳老街水席体验。品尝浆面条、羊肉汤，进行"食味寻源"分享会。

晚上：**洛邑古城夜游**

穿汉服漫步古城，观看沉浸式《盛世洛阳》光影演出，合作拍摄"我的古城时光"Vlog（自由拍摄＋指导剪辑）。

第二天：都城格局比较与文化地图制作

上午：**洛阳博物馆 & 天子驾六博物馆**

研学任务：观察不同时代的城市结构复原图，对"汉魏 VS 隋唐 VS 周王城"城市格局做对比分析。完成导学册：绘制《三大都城结构比较表》。

小组 PK：组织"哪一代城市最科学？"辩论赛。

下午：**分组创作任务**

选项 1：动手制作"洛阳古城模型"——用积木或纸板拼装

一个朝代的古都布局。

选项2：完成《我的洛阳千年行》旅记图文册，包括手绘、短文、诗歌或漫画。

选项3：录制短视频《我是古都讲解员》，对洛阳历史进行讲述。

分享会：小型成果展示评比。全班投票选出"最佳讲解员""最佳复原图""最具创意城市规划方案"等。

返程：带着成果与记忆离开洛阳。

五、研学工具与材料

1. 洛阳古地图模板。

2. 古城结构解说卡片。

3. 小组活动导学册。

4. 角色扮演服饰道具（如周公、太学生）。

5. 摄影器材或手机支架（用于拍摄 Vlog）。

六、评价方式

1. 过程观察：教师根据学生活动参与度打分（完成任务、合作能力、表现力）。

2. 成果展示：小组汇报＋实物作品＋视频／图文册提交。

3. 自我与互评：设立研学"成长墙"，学生互写"评价便签"。

七、后续活动建议

1. 举办"我的千年古都之旅"主题成果展。

2. 鼓励学生创作诗歌或绘图，投稿至校园文学刊或公众号。

3. 推荐学生参加"河洛文化小使者"演讲活动。

研学主题三：千年文脉·诗意洛阳

方案名称：诗词里的洛阳·穿越文人的笔端

关键词：诗词之都 文学地理 文化认同 跨时空对话

一、研学目标

1. 文学感知：通过品读古今名家笔下的洛阳诗文，体会文学中流淌的城市记忆与文化风貌。

2. 艺术表达：借助诗词朗诵、再创作、表演等形式，激发学生的审美能力与语言表达能力。

3. 文化认同：建立学生与洛阳城市文化的情感联系，增强民族文化自信心。

4. 探究能力：运用"读＋行＋演＋写"等探究方式，提升学生对文学作品与现实生活关联的思考能力。

二、研学对象

小学四至六年级学生

三、研学时长

2天1夜

四、行程安排与活动设计

第一天：走读诗意洛阳，探访文脉踪迹

上午：白马寺

朗读老舍《白马寺》诗，感受佛门钟声与人间沧桑。

活动：抄写有关白马寺的诗句，制作"诗文纪念卡"。

探讨：为何佛教、文学、历史在此交汇？

上午：洛阳老街 ＆ 天津桥遗址

沿着白居易的《天津桥》一诗路线打卡：神女浦、窈娘堤等。

活动：模仿写作"我眼中的天津桥"，尝试创作四行短诗。

午餐：洛阳特色午餐（配诵读环节）。

活动："文人饭局"——配诗食语，把诗词和美食结合分享。

下午：邙山（古墓博物馆）＆ 关林庙

诵读司马光的《邙山》、老舍的《洛阳》相关段落。

活动：举行"山上朗诵会"，站在山顶朗诵自己最喜欢的古诗。

观察：登邙山远眺全城，写下"我的一句洛阳山中诗"。

晚餐：老街自由夜市 ＆ 文艺互动。

活动：开展"市井诗会"游戏，用抽签诗句完成创意即兴接龙。

晚上：洛邑古城夜游

古装体验，夜游诗意灯影。

任务：开展"我与诗人同行"活动，拍摄视频扮演白居易、李白、韦庄等古人，现场讲述诗歌与城市之间的情感故事。

拍摄任务："诗词小剧场"短剧拍摄（可配背景音乐）。

第二天：名家对话与创意诗意表达

上午：洛阳博物馆文学厅 ＆ 诗词墙

1.参观"名家笔下的洛阳"展区，结合老舍、张恨水、李格非等文本进行导览阅读。

小组研讨任务：白居易、老舍、李格非、张恨水分别写下了怎样的洛阳？有什么共同点和差异？

输出任务：设计"洛阳诗意地图"——标出诗人笔下的重要地理与文化标志，配合图文说明。

2.组织"我心中的最美洛阳诗词"投票活动。

3.活动：录制"小小朗读者"，选段朗诵并加以点评，现场拍摄短视频或语音。

午餐：体验传统面食浆面条＆糊涂面。

活动：用诗词比喻面食（如"面如月牙，味似玉笛"）。

下午：创意呈现与成果汇报

选题一：制作《我眼中的洛阳》诗画本（可配摄影＋书法）。

选题二：扮演"穿越时空的旅行者"，写信给古代诗人分享今日洛阳的变化。

选题三：编排一则"诗中洛阳"配乐朗诵＋背景图影短片。

展示评比：设"最佳朗读者""最美诗画本""最具情怀作品"等称号，鼓励创意表达与文化积淀。

五、研学材料与工具

1.名家作品摘录集锦（如《洛阳》《天津桥》《书〈洛阳名园记〉后》等）。

2.诗人卡片与对话卡片。

3.诗画本手账、诗词互动小程序。

4.古风配乐与服装支持（用于朗诵与剧场表演）。

六、评价方式

1.过程评价：教师观察记录学生朗诵、写作、讨论的表现。

2.成果展示：以小组为单位提交创作作品或表演视频。

3.同伴互评：学生互评诗文表达能力与创意。

4.研学档案：每位学生记录自己每日的"诗词一句＋感悟一句"。

七、后续活动建议

1.举行"诗意洛阳"主题征文／朗诵展演。

2.鼓励学生将诗词创作、城市感悟发表到校刊或公众号。

3.成立"文学地图小组"，延伸至其他名城研学（如"诗中的杭州""词里的南京"）。

研学主题四：味在洛阳——古都烟火里的文化记忆

方案名称：舌尖上的洛阳·从美食到文化的味觉之旅

关键词：传统饮食　文化记忆　人文地理　非遗体验

一、研学目标

1.文化认知：通过洛阳特色美食的品尝与追溯，了解古都洛阳的饮食文化及其背后的历史典故。

2.生活实践：参与传统美食的制作与展示，激发学生动手动脑的综合能力。

3.表达创意：通过观察、品尝、讲述、绘画、写作等形式表达对食物的感悟，增强跨领域综合表达能力。

4.文化自信：通过探寻"食"中的文化印记，增强对中华优秀传统文化的认同感与热爱。

二、研学对象

小学四至六年级学生

三、研学时长

2 天 1 夜

四、行程安排与活动设计

第一天：走进古都风味，追寻烟火记忆

上午：洛阳老街 & 洛阳水席体验

研学导入："你吃过的洛阳味道有哪些？"（美食记忆图卡互动）品尝经典菜品，如牡丹燕菜、连汤肉片……听讲解员讲述菜品背后的历史故事（如"牡丹宴"缘起）。

活动：完成"舌尖上的文化卡"一张——绘菜、配诗、写感言。

中午：老街自由午餐 & 小吃打卡

打卡项目：浆面条、糊涂面、不翻汤、牛肉汤、锅贴等。

活动：开展"洛阳吃货榜"小游戏，每组选择一个小吃编一句创意广告语。

下午：非遗美食制作体验馆 / 烹饪课堂

活动："我来当厨神"——动手学习制作浆面条或宫廷水席菜式（可选牡丹燕菜雕花制作）。

"美食记忆接龙"游戏：说出一种洛阳小吃＋它的历史典故＋一句赞美语。品尝成果，完成"我做的古都菜"拍照打卡任务。

晚餐：水席复古宴体验。用餐前朗诵刘禹锡的《赏牡丹》或白居易的《早春晚归》等相关诗作，营造古风仪式感。

晚上："夜话古都"文化沙龙

观看纪录片《舌尖上的洛阳》片段。

活动：讲述"我最难忘的一道洛阳味道"，并说明原因。

任务布置：每组设计一份"洛阳文化菜单"，用诗句、典故、画作等为菜单内容命名与点缀。

第二天：从食物到文化，味蕾与记忆的共鸣

上午：洛阳博物馆 or 洛阳非遗文化馆

主题参观："饮食与历史""器皿与美学"。学习古代酒器、食器、宴会制度等知识。

活动："古今餐桌比一比"图解任务。画出一张"古代 VS 现代"的洛阳餐桌场景。

上午：课堂研讨 & 创作输出

群文探究：《古都美食印象》+《洛阳牡丹记》。

分组讨论：洛阳为何被称为"美食之都"？哪些美食最能代表洛阳的文化气质？

美食手账：绘制并记录洛阳三种小吃并配文案。

文化访谈剧本：编写《采访浆面条的发明者》。

诗配菜创意海报：用古诗为菜品配"身份标签"。

午餐：自选菜单品鉴会。每组选出"研学推荐菜单"，并分享搭配理由。

下午：西工小街走读 + 结业分享会

感受现代洛阳与传统美食文化的结合。

展示各组创作成果，如诗配菜、海报、广告语、视频等。

颁发"古都小厨神""洛阳味觉大使"等奖项。

五、研学材料与工具

1. 洛阳美食图鉴 & 打卡地图。

2. 美食观察手册 & 绘本模板。

3.菜品文化解说卡（如牡丹燕菜的由来、浆面条的传说）。

4.烹饪体验材料与防护装备。

5.视频拍摄设备／手机支架。

六、评价方式

1.参与度观察：观察学生品尝、提问、制作的参与度。

2.成果展示评价：手账、美食广告、海报、剧本、视频等。

3.同伴互评＋教师点评：用"我最喜欢的创意""最想尝试的作品"等形式评价。

4.味觉反思记录：完成"我的洛阳味觉日记"一页，写下最打动自己的一道菜及文化感受。

七、后续延展建议

1.校园举行"洛阳风味日"活动，复刻特色美食＋文化展览。

2.鼓励学生录制"洛阳味道 Vlog"上传学校新媒体平台。

3.举办"舌尖上的传统节日"主题延伸课堂，如春节、重阳节食品文化。

4.家校联动：学生带家长一起完成"再做一次牡丹燕菜"家庭作业。